AF450326

Francesco Boer

LA PROFEZIA DEL PORTOVECCHIO

Fuga da un sogno senza fine

White Cocal Press

In copertina
Disegno di **Maria Sole Costanzo**
www.thetriestiner.com

Direttore editoriale
Diego Manna

Edito da
White Cocal Press
via Biasoletto 75
34142 Trieste
manna@bora.la
www.bora.la

Prima edizione: maggio 2024
ISBN 978-88-31908-90-0

*A mia moglie Giada
(ma è un nome falso),
che nonostante tutto.*

PRIMO GIORNO

1.

Stanza buia, mal di testa. Che ora sarà? Provo a prendere il cellulare sul comodino, ma non lo trovo. A dire il vero non c'è neanche il comodino. La mano cerca l'interruttore della luce con un gesto quasi automatico, ma incontra solo la parete liscia. Cazzo, e sì che ieri non ho bevuto tanto. Un paio di birre, un paio nel senso di quattro o cinque, e poi un giro di pelinkovec. Un giro nel senso di tre bicchierini. Mica tanto, dai. Si può fare di peggio, ecco. Però non si può mai dire. Certe sere bevi come un ludro, e il giorno dopo ti risvegli fresco come un cardellino. Altre volte no. Il mattino dopo non ti ricordi niente e ti risvegli in un letto che non conosci, in una stanza che non hai mai visto prima. Come in questo momento. Cazzo.

Tasto il materasso. È un letto singolo. Credevo già di essermi imbarcato in una notte di sesso con una tizia conosciuta in bar. Le offri un drink, si scherza assieme, lei ride e ti fa capire con uno sguardo che ti vuole. Cambio di scena, due corpi nudi avvolti nelle lenzuola. Cose di questo genere le vedo solo nei film, lo ammetto. Non mi è mai capitato niente di simile, e forse meglio così, meno complicazioni. Fatto sta che sono qui, solo come un pirla, a cercare a tastoni un interruttore.

Click. Era vicino alla porta. Chi cazzo ha progettato l'impianto elettrico? Uno deve per forza alzarsi dal letto e camminare nel buio per accendere la luce? D'altro canto adesso che vedo finalmente la stanza capisco che devo esser finito in un albergo di ultima categoria. Merda. Beh dai, almeno il conto della stanza non sarà salato.

Il letto è un materasso sopra una rete metallica a dir poco spartana. Non c'è neanche un comodino. Gli armadi sono scaffali di legno, non hanno neppure le ante. Di finestre non se ne parla. Per terra c'è la moquette, che cazzo. La moquette, rigorosamente color grigio topo. Cosa siamo, negli anni settanta? Se mi chiedono più di trenta euro per notte faccio un casino. Recupero i jeans che avevo gettato per terra assieme alle scarpe, senza neanche piegarli. Ho dormito con il maglione e le mutande, dovevo esser messo proprio male.

Stanza di merda, però almeno c'è il bagno in camera. Stretto e sporco, ma ho visto di peggio. Sul lavandino c'è persino uno spazzolino e un dentifricio forniti dall'albergo. Sulla confezione c'è un monogramma, HF, e una stella. Beh, certo. Apro il rubinetto, esce acqua marrone. Lascio scorrere, pian piano diventa limpida. Forse non è il caso di berla, ma vaffanculo, ho una sete boia. Tuttalpiù mi verrà il cagotto.

Il mal di testa rimbomba, come se il cuore battesse col martello su una campana. La campana è la mia testa. Una campana rotta, che suona male. Sì ok, è una metafora riuscita col culo, ma mi sono appena svegliato, cosa pretendete? E adesso ho pure un po' di nausea, forse non dovevo bere tutta quell'acqua di colpo.

Ci vorrebbe un Moment. E una brioche. E un caffè. Un caffè vero, non quella sbrodazza solubile che ti smerciano nelle colazioni degli hotel scrausi.

Vediamo cosa offrono, al limite li mando a cagare e vado a fare colazione in un bar. Chissà poi se la colazione è compresa nel prezzo.

2.

Nonostante la sbornia non ho perso niente. Il portafoglio era nei pantaloni. Ci sono addirittura soldi dentro. 40 euro superstiti, dei cento che ho tirato fuori ieri sera dal bancomat. Il cellulare era nell'altra tasca dei jeans. Lo schermo è ancora intero. Ha pure la batteria. 13%, quasi un cazzo, ma intanto non è scarico. Insomma, stanotte l'angelo custode degli ubriaconi ha vegliato su di me. Non lo fa sempre, forse ogni tanto trinca pure lui. Ma sto giro è andata bene.

Controllo di non aver lasciato niente in stanza e poi mi decido a uscire. Le chiavi sono sulla porta. Hanno un ingombrante portachiavi in cuoio. Sopra c'è il monogramma dell'albergo e una sorta di codice. **HF*66N21** - caratteri stampati con una vernice dorata, ormai consumata dopo esser passata per tante mani diverse.

Esco, chiudo la porta, metto in tasca le chiavi. Da che parte sarà l'uscita? C'è un lungo corridoio su cui si affacciano le porte delle altre stanze. Pareti giallo noia, soffitto bianco con una plafoniera ogni tre metri, tappeto rosso sporco sul pavimento. Una porta, un'altra porta, un quadro dozzinale appeso alla parte, una porta, un'altra porta. Il corridoio sarà lungo un centinaio di metri, dev'essere un hotel bello grande. Non si vede la fine, perché dopo un po' il corridoio svolta, come se girasse tutto attorno al piano.

Destra o sinistra? Dove saranno le scale per scendere alla reception? Guardo i numeri sulle porte, stampati su una targhetta di plastica che deve avere come minimo trent'anni. La mia è la numero 66, quella di fronte 65, poi verso sinistra 64, 63, 62. Capisco subito che devo andare da questa parte: le scale saranno accanto alla stanza n° 1. Trucchi che si imparano grazie ad anni e anni passati di fronte ai videogames.

Il corridoio gira l'angolo due volte e finalmente arriva effettivamente alle scale. C'è solo la rampa che scende, forse siamo all'ultimo piano. Per fortuna c'è la parete sia a destra che a sinistra dei gradini, per cui non si vede il buco della tromba delle scale. Cazzo, architetti, ci vuole tanto? Mi fanno superincazzare quelli che progettano ste rampe sospese nel nulla, con quel baratro in mezzo. Sì, sono un po' cagasotto, le altezze mi fanno paura. Quando ci sono scale così arrivo al massimo al terzo piano, e già mi trema un po' il culo. Al quarto scatta proprio il panico. Se invece c'è la parete tutto a posto, l'importante è non vedere il buco. Sono sicuro di non essere l'unico, per cui quando realizzano un edificio non gli costerebbe niente pensare a quelli come noi e progettare scale che non ti danno le vertigini. E passi per i palazzi di altri secoli, posso anche capire che quella volta non gliene fregava una sega di ste cose. Ma in quelli nuovi? Entri in un museo e c'è sta cazzo di scala mobile che attraversa un piano enorme, e in parte c'è un buco di sei metri. Che devo fare, rinuncio a vedere metà dell'esposizione, o faccio la figura di merda di salire con gli occhi chiusi con le gambe che tremano, respirando come un bisonte? Bastardi, l'avete progettata apposta sta scala mobile, per farmi cagare sotto? Che poi sta stronzata che "bisogna affrontare le proprie paure" ha pure rotto i coglioni. Io ci sto bene con le mie paure, basta che nessuno mi costringa ad affrontarle. Perché cazzo dovrei fare l'eroe, cosa devo dimostrare, a chi? E che cazzo. Non parliamo poi di chi ha avuto la pensata degli ascensori trasparenti.

Boh insomma, bravo l'architetto che ha progettato le scale di sto hotel di merda. Se non fosse che, dopo esser scesi di un piano, si arriva in un altro corridoio, ma non ci sono altre scale per continuare a scendere. Eppure non c'è la reception, solo un altro corridoio, un'altra fila di porte. L'unica differenza è che le pareti sono dipinte color verde cagotto. Mi sa tanto che non sono ancora arrivato al piano terra.

3.

A sinistra il corridoio termina bruscamente, una parete priva di finestre. Oltrepasso a una a una le stanze nascoste dietro le porte chiuse. 1, 2, 3, 4. Quanto cazzo è lungo sto corridoio? All'altezza della stanza 72 c'è una svolta ad angolo verso sinistra, e dopo meno di cinque metri una controsvolta a destra. Da lì il corridoio prosegue dritto, a perdita d'occhio. Boh, si fa per dire, sono senza occhiali e quindi non è che la perdita d'occhio sia tanto in là. Quando esco a bere la sera lascio sempre gli occhiali a casa, tanto mi servono per guidare, e visto come rompono le balle con la patente è meglio girare in bici. Comunque lo stesso, altro che corridoio, è una galleria. Beh la faccio corta, le stanze arrivano fino al numero 321, poi al posto della stanza 322 ci sono finalmente le scale che scendono. Però il corridoio continua ancora avanti una decina di metri, per poi svoltare nuovamente a destra. Ma chi se ne frega, l'importante è arrivare alla reception.

Rampa di scale, altro corridoio. Pareti azzurro-Jugoslavia-anni '70. Mi pare adeguato commentare con una bestemmia. Sì, so che non si dovrebbe, ma sono nato e cresciuto in Bisiacheria, lì tirar giù porchi è un'arte di vita. E comunque è niente in confronto alla scarica di santi che ho vilipeso quando sono arrivato in fondo. Perché sì, questo corridoio era notevolmente più breve degli altri. C'era una di quelle curve insensate, e poi terminava bruscamente alla stanza trentasei. E alla fine c'erano le scale. Verso l'alto.

Mi sono detto, dai, magari su c'è un locale di servizio, forse c'è un inserviente o un cameriere che mi sa dire che cazzo, oh. Notate lo sforzo di ottimismo, non è poco se ricordate che ho mal di testa. Insomma salgo, facendo finta di essere fiducioso, e ovviamente mi si para davanti un altro di quei maledettissimi corridoi. Che poi pensavo, essendo tornato su di un piano, di essere nuovamente al corridoio color verde colite. E invece no, cazzo, qui le pareti erano color nocciola. Nocciola, cazzo. Che colori di merda!

4.

Giunti a questo punto, ho ritenuto che la cosa più ragionevole fosse urlare da incazzato, nominare il nome di Dio invano e tirare calci alle porte. Altri avrebbero atteso ancora prima di spazientirsi così, forse salendo nuovamente a un corridoio rosa salmone, per poi scendere in uno viola quaresima, e magari terminando in un vicolo cieco. Io invece ho pensato di tirarmi avanti col lavoro, così sono sbroccato subito. Oh, ha funzionato. "Mantieni sempre la pazienza" un paio di cazzi!

Ero lì che davo di matto accanendomi contro gli stipiti di questo hotel assurdo, quando uno degli ospiti ha aperto la porta.

«Ma che cos'è tutta questa confusione, cribbio?!»

"Cribbio", uau. La parola mi distrae immediatamente dallo sfogo di collera in cui ero impegnato. Chi cazzo dice "cribbio" nel ventunesimo secolo (a parte il fantasma di Berlusconi, ovviamente)?

Sto tizio ve lo voglio descrivere dal basso verso l'alto. Babbucce da stanza color verde oliva. Calzettoni di lana bianchi. Polpacci pelosi e pallidi. Dalle ginocchia in su per fortuna era coperto da una sorta di accappatoio color melanzana (cioè essenzialmente viola, dai).

Peccato solo che sto accappatoio finiva troppo presto, lasciando scoperta una fetta del suo petto, se possibile ancora più peloso dei polpacci. Il suo volto... come descriverlo? Immaginate un impiegato che si occupava della contabilità in uno stabilimento della FIAT nel 1974 (gli mancano tre anni per andare in pensione, ma quella volta era facile, mica come adesso che prima bisogna diventare bisnonni). Ecco, proprio così: guance ben rasate, baffi brizzolati ma eleganti, denti gialli di nicotina, il naso imponente di uno che dà gli ordini agli altri, ma non così imponente da non riceverne a propria volta.

«E lei chi è?», gli dico con tono secco. Un po' rude, lo so, ma avevo ancora un po' di incazzatura da smaltire.

«Ma come si permette? Chi è lei, piuttosto?».

Completo mentalmente la sua domanda con un altro "cribbio".

«Ha ragione, mi scusi». "Mi scusi" un paio di balle, ma ogni tanto torna utile far finta di essere gentili. «Mi chiamo Fabrizio Visintin, vengo da Staranzano». In questi casi dò sempre un nome falso, non si sa mai.

«Staranzano? E dove sarebbe?».

Ovviamente anche la mia residenza era una bugia, ma Staranzano esiste veramente. Il fatto che sto tizio non l'avesse mai sentita non era un buon segno. Dove cazzo ero finito?

«Eh, è in provincia di Gorizia. Vicino a Monfalcone».

«Ah, capisco».

«E lei?».

«Io abitavo a Torino. Mi chiamo Roberto Messina».

«Le chiedo scusa se prima ho... perso la pazienza, come dire. Cercavo l'uscita, e»... mi interrompe con una fragorosa risata. Ma proprio una di quelle risate ostentate eh, come dire, non è che mi hai fatto sorridere, proprio voglio farti notare che hai detto una cazzata.

«L'uscita! Bella, questa!».

Cribbio, che testa di cazzo.

«Cosa intende dire?».

«Lei è appena arrivato, immagino. Mi spiace doverla disilludere, ma questo albergo non ha uscita. È infinito».

Mmmh ok. Rimane a fissarmi, aspettando che io risponda con una faccia stupita, forse addirittura una esclamazione di sorpresa. Che faccio, gli tiro un pugno o lo accontento? Ma lui dopo alcuni secondi si stufa di aspettare e continua.

«È come il famoso enigma del Porto Vecchio. Non ha né inizio né fine. Non c'è uscita, e nemmeno ingresso, tanto che nessuno di noi sa com'è finito qui. Sarà così anche per lei, immagino».

Non immaginate che fastidio che mi danno quelli che danno del lei alla gente. E cazzo, pretendono pure che si tratti di una forma di cortesia. E invece in questo vezzo di merda c'è tutto il distacco e l'esercizio di potere che rende una merda questa nostra società. E vaffanculo Umberto Eco e la sua crociata contro il darsi del "tu". Poi sì ok, ho iniziato io, ma facevo finta, giusto per vedere come giocarmi sto tizio, lui invece ci crede veramente, si sente. Che odio.

«Sì, mi sono svegliato qui stamattina, ma non ricordo come ci sono finito».

«He he, da manuale proprio».

Stringo le dita, alzo il pugno, con l'altra mano lo prendo per il collo e lo schiaccio contro il muro. Escalation improvvisa, ma le minacce così funzionano meglio, sennò l'altro ha tempo di prepararsi mentalmente.

«Non ho molta pazienza».

Il Messina impallidisce, ma non si toglie di dosso quell'aria di meschina superiorità. Ovvio, è una forma di difesa, una maschera dietro cui si nasconde l'insicurezza. Capisco perfettamente, ma mi dà sui nervi lo stesso.

«Si fidi, è così. Un giorno si sparisce da casa e ci si sveglia qui. Mi spiace, ma non ci posso fare niente. Pensi che io non vedo i miei figli da sedici anni».

«Eh?».

Beh insomma non sto qui a riportarvi tutto il dialogo. Per farla breve io rimango stupito, lui continua a fare un po' il misterioso, e in fin dei conti si capisce, perché se è qua da sedici anni deve averne due palle così, e quindi quando arriva uno nuovo lui ci gioca un po', alla fine quando non succede mai niente finisce che ci si diverte con poco. Però dopo un po' anche sta manfrina inizia a frantumare i coglioni, e un po' io che insisto, un po' lui che si sbottona, fatto sta che inizia a raccontarmi dall'inizio la faccenda di sto cazzo di hotel infinito.

5.

Praticamente, un giorno ci si sveglia in una di queste squallide stanze. Io mi ci sono trovato dopo una notte di baldoria, ma a quanto dice sto Roberto Messina non a tutti è andata così. Lui, ad esempio, era in viaggio per lavoro a Grosseto. Dopocena si è "coricato" (giuro, ha proprio usato la parola "coricato") nella stanza d'albergo che la ditta gli aveva prenotato. Si è addormentato, e il giorno dopo si è svegliato qui. Poi chissà, di solito questi signorotti sono i peggiori sporcaccioni, capace che è andato a troie e ha buttato giù chissà che mix di superalcolici e droghe, e ancora adesso mente per continuare a recitare la parte del santerellino. Beh non importa, fatto sta che ti svegli qui e qui resti. Perché per quanto scendi, continui a trovare altri piani, altre scale, corridoi tutti uguali, stanze e ancora stanze. «E ovviamente la strada non è così lineare, come si sarà accorto». Sì, me n'ero accorto, stronzetto. «Oltretutto se si continua a scendere si inizia a incontrare gente che parla francese, tedesco, sloveno, croato». Mentre elencava le lingue straniere faceva un'espressione schifata. «Per finire, non è neanche detto che l'uscita sia in basso. Potremmo benissimo essere in un bunker sotterraneo, ciò spiegherebbe perché non ci sono finestre. Però» - si fece cupo in volto - «se si sale di troppi piani è ancora peggio, si incontrano gli africani». Vabbè, un po' rimpiango di non avergli dato il pugno di prima.

«Insomma, tanti all'inizio partono cercando l'uscita, ma poi si mettono il cuore in pace e infine tornano alla propria stanza. Lei ha tenuto le chiavi della sua, voglio sperare».

«Sì, le ho qui».

«Bene, non le perda per nessun motivo al mondo».

«Cosa succede se le perdo?».

«Non può più entrare in stanza, che domande».

«Ma non posso sfondare una delle porte dei corridoi? Mica saranno tutte occupate».

«Non lo so, forse è possibile. Ma poi si dovrebbe vivere in una stanza con la porta sfondata. Non si potrebbe neanche chiuderla a chiave, non si avrebbe nessuna riservatezza».

«Ma per il cibo come si fa?».

«C'è una stanza refettorio per ogni piano. Quasi per ogni piano, a dire il vero. Altrimenti c'è anche il servizio in camera».

«E chi lo porta?».

«Il personale dell'hotel, mi pare ovvio».

Ovvio un cazzo, ma vabbè.

«Ma non possiamo chiedere a loro dov'è l'uscita?».

«Se fosse così facile non sarei rimasto qui».

«Ha ragione. Ma quindi? Che problema c'è?».

«Sia i camerieri che le donne delle pulizie non parlano mai con gli ospiti. Cioè, si limitano ai saluti e alle domande inerenti il loro compito. Buongiorno, buongiorno, le devo cambiare le lenzuola, sì grazie e sta anche per finire il bagnoschiuma, non c'è problema, grazie arrivederci, arrivederci. Se si chiede loro qualcosa di diverso rispondono solo con un sorriso cortese».

«Avete provato a pedinarli?».

«Se ne accorgono subito. Si fermano, guardano l'inseguitore e gli sorridono. Qualcuno è riuscito a tallonarli per un tratto, ma sembra che spariscano infilandosi in porte di cui solo loro hanno la chiave».

«E non si può sfondarle, queste porte?».

«Lei è proprio fissato con questa idea di sfondare le porte, se lo lasci dire».

6.

Roberto Messina mi ha dato alcune informazioni utili, anche se bisogna vedere quanto c'è da fidarsi. Tipo che il codice sul portachiavi rappresenta le coordinate della stanza. Piano 21, corridoio N, stanza 66. Mi ha avvisato di non farmi illusioni, se si scende prima o poi si arriva al piano 1, ma poi la numerazione ricomincia con un piano 99. Sembra che certi abbiano fatto il giro dei numeri anche due o tre volte, prima di arrendersi. Ascensori, ovviamente, non ce ne sono.

«Aspetti, ma io ho il telefonino».

Compongo il numero di casa e ovviamente la batteria muore. Sta merda di cellulare, ogni volta così. Perché cazzo segni 9% di batteria se poi appena ti dico di far qualcosa muori di colpo? Sii onesto, segna direttamente 1%.

«Lei ha un caricabatteria?».

«Purtroppo no. E come avrà indovinato, non c'è alcuna linea telefonica fissa. Provi a chiedere a qualcuno degli ultimi arrivati, ma la vedo dura».

Il Messina è un po' borioso, ma come dicevo mi è stato utile. Però credo che non possa aiutarmi più di tanto. Si è arreso, è evidente. Non vuole uscire dall'hotel, si è accontentato della sua stanza, dei pasti che gli portano e delle lenzuola pulite che avvolgono un vecchio materasso su una branda arrugginita. Non mi ha detto come scappare, non mi ha neanche dato una speranza illusoria. In compenso mi ha detto come raggiungere la sala mensa più vicina alla mia stanza, «è semplice, giri a destra, segua il corridoio fino alle scale, scenda di un piano, giri a destra e poi salga le scale per raggiungere il corridoio F, in fondo c'è la sala mensa. Si ricordi, il pranzo è dalle 12 alle 13:30, la cena dalle 18:30 alle 20. Le daranno un foglio col menù del pranzo successivo, lì può segnare la sua scelta compilando il modulo con il suo nome e il codice della sua stanza. Ah, lì può indicare anche se intende mangiarlo in sala o farselo portare in stanza. Per la prima volta comunque non ci saranno problemi, li avvisi e vedrà che un piatto per lei in un modo o nell'altro salterà fuori.»

Decido insomma di tornare alla mia stanza, almeno per il momento. Una bella doccia, che male non fa, anche se poi mi tocca rimettere su le mutande e i calzini sporchi, ma meglio di niente. E poi mi stravacco sul letto una mezzoretta, così arriva mezzogiorno e vado a mangiare, che con tutto sto camminare mi è abbastanza passato il post-balla e mi sta montando una fame boia.

Non c'è neanche la tv in sto cazzo di hotel. Non che sia sta gran perdita, io a casa non ce l'ho nemmeno. Ho il pc, ~~mi scarico i film da torrent~~ guardo i film su Netflix (non si sa mai chi legge, non voglio casini), vasco su internet (voce del verbo "vascare", non c'entra niente con l'omonimo cantante. Far le vasche, come in piscina, su e giù, significa per traslato il passatempo di camminare avanti e indietro davanti alle vetrine dei negozi, o su un lungo mare, cose così. Poi figurativamente vuol dire anche perder tempo, svagarsi. Si dice "vascare" anche in italiano o è una parola triestin/bisiacca? Buh! Però adesso ve l'ho spiegato e quindi è diventato un verbo italiano). A casa la tv non ce l'ho, dicevo, e si sta sinceramente meglio, ma quando sono in hotel se c'è la tv non mi dispiace saltare fra i canali. Un po' per fare l'intellettuale e dire "che programmi spazzatura", e avere l'occasione di ribadire che io non guardo la tv, ma sotto sotto anche per un inconfessabile gusto dell'orrido. Nell'hotel infinito però non ci sono finestre verso l'esterno, e a pensarci bene anche la tv è una sorta di finestra su un mondo delle fiabe di plastica.

Insomma sono lì con le balle al vento (perdonatemi, ma fa caldino, per essere giugno. Ve lo avevo detto che i fatti si svolgono in giugno? Ecco, verso fine giugno, sarà stato il 26 o il 27). Sono lì spaparanzato, dicevo, che fisso il soffitto, ma di colpo mi accorgo che non so che ora è. Boh saranno le undici e mezza, forse già mezzogiorno? Prima di spegnersi il cellulare segnava le 10:42. Dai, basta svacco, qua sarà già ora di andare a mangiare. L'eterna lotta fra la fame e la pigrizia! Fatto sta che decido a malincuore di infilare le mutande, malefica gabbia di cotone che imbriglia la nostra virilità. Le mutande come una metafora della nostra società. Adesso che mi sta passando il mal di testa sto migliorando con le allegorie, avete visto?

Non parliamo neanche dei calzini, che a me dà un fastiiidio indossare di nuovo i calzini sudati dopo la doccia. «Bleeh che schifo», direte, e avete ragione, lo dico anch'io. Ma non preoccupatevi, vi faccio un flash-forward e vi spiffero già adesso che poi verso sera la cameriera mi ha portato un paio di vestiti di ricambio dell'hotel. Roba abbastanza brutta, tutta con colori assurdi e sempre con il monogramma **HF***. Voglio dire, mutande color senape pallida? Ma vabbè, tanto chi le guarda. (E vi risparmio una battuta sul mimetismo, siatene grati.)

Miracolosamente mi sono ricordato le indicazioni del Messina. Che poi io confondo sempre destra e sinistra, devo star lì a pensare "destra, la mano che scrive" oppure "sinistra, la mano che non scrive", facendo il gestino con la mano, e solo dopo ho la sicurezza di prendere la direzione giusta. Oh non fate quella faccia, è così, non credo di essere l'unico, dai. Arrivo alla mensa del piano 21, che si trova nel corridoio F, proprio come diceva il Messina. Qualcuno di voi si sarà chiesto come si fa a capire la lettera del corridoio. "È scritta su una targa? Se sì perché il narratore non lo ha specificato? Che esposizione lacunosa, ecc, ecc". Che rompicoglioni, oh! Purtroppo la lettera del corridoio non è scritta da nessuna parte, sennò che cosa credete, che non vi avrei detto "c'era una tabella con su scritto D"? L'unica indicazione da cui si capisce la lettera del corridoio è il codice stampato sul portachiavi. Quindi per sapere la lettera del corridoio devi chiedere agli ospiti più pratici, che a forza di chiedere "ma lei in che corridoio è di stanza" hanno imparato tutte le lettere. Per me è a dir poco scomodo usare ste lettere per indicare i corridoi, è proprio anti-intuitivo, tanto più che non è che siano disposti in ordine alfabetico. Anzi sono proprio messi alla cazzo di cane, e neanche ci sono tutte le lettere, ad esempio nel piano 21 mancano la S, la M, la E e la Z. ma qui si usa così. Per me sarebbe molto più facile usare i colori delle pareti, che sono tutte tinteggiate con tonalità diverse: "la mensa del piano 21 è nel corridoio color prosciutto cotto", è più visuale, più semplice da ricordare. Ma niente, qua tutti usano le lettere, e tocca adeguarsi. Dico "tutti" perché effettivamente c'è un sacco di gente, anche questa è un'anticipazione di discorsi con altra gente che solo dopo ho fatto. "Oh ma racconti le cose al presente, o i fatti si svolgono nel passato? Qui non si capisce un cazzo", mi direte. Ma dai, è ovvio che le cose si svolgono nel passato, dato che sono qui a raccontarvele. Mica è una telecronaca in diretta. Uso i verbi al presente, come quando si dice "oh apro il frigo, e non ti vedo che lo stampo è vuoto, e qualcuno si è mangiato tutto il polpettone?". Ovvio che non sto aprendo il frigo in questo momento, è un modo di dire, ecco. Se poi ogni tanto mi va di cambiare tempo verbale lo faccio, non è che mi metteranno in croce per sta cosa, dai.

Vi anticipavo che nell'hotel c'è un sacco di gente, e che gli ospiti in genere adorano chiacchierare fra loro, anche perché altrimenti non c'è un cazzo da fare. E lì in fila all'ingresso della sala mensa c'erano già sei persone, che aspettavano l'apertura.

«Scusi, sa che ora è?», chiedo all'ultimo della fila. Un signore sulla settantina, capelli bianchi e pochi, borse sotto gli occhi, camicia bianca ben stirata, pantaloni noiosi, le scarpe non ve le descrivo neanche, chi se ne frega delle scarpe di sto tizio? Fatto sta che sto tale risponde «mancano sette minuti a mezzodì» e agita il polso su cui tiene l'orologio, e sta per aprir bocca e io so già che vorrà dirmi che lui ha uno di quegli orologi a carica automatica che non hanno batteria o altro, ma si ricaricano con il movimento del polso, e vedo nei suoi occhietti che è orgoglioso di sta stronzata, come dire che lui è uno di quelli che saprà sempre l'ora, perché ha sto orologio di merda e non ha paura che gli finisca la batteria, e insomma già un po' lo odio. Sembra che faccia il gesto di menarsi l'uccello, con quel polso agitato su e giù. Vecchio stronzaccio.

«Ve...», ma io aspettavo che dicesse la prima sillaba giusto per avere il gusto di interromperlo: «La ringrazio.»

«Lei è appena arrivato, immagino».

Visto? Tanti mi rimproverano che sono troppo burbero, che dò giudizi (in genere negativi) troppo velocemente, ma il fatto è che il più delle volte ci intivo. Ovvio che sono appena arrivato, che cazzo me lo chiedi? Mi hai mai visto prima? Già sono piombato nella merda, devo pure sorbirmi sti atteggiamenti da espertone? Lei è appena arrivato, io sono qui da tanti anni, lei non sa nulla, venga qui le spiego io le cose, ma quanto sono gentile a darle i consigli, e via così. Come il Messina, che fastidio. Li odio già, entrambi.

«No, sono qui da otto mesi. Mi hanno semplicemente trasferito di stanza, prima ero in un altro piano». Così, una balla inventata al volo, giusto per dargli fastidio. E funziona, perché sto cazzone rimane in silenzio, interdetto, e poi mormora fra sé e sé: «Un trasferimento... non si è mai sentito». E poi aggiunge: «E da che piano proviene?».

«Non posso dirglielo».

«Capisco». Conversazione soffocata sul nascere, obiettivo raggiunto.

8.

Nel frattempo la fila dietro di me continua a crescere, ora siamo una ventina. La gente è a dir poco eterogenea, si va da un bambino di otto anni a un'esile signora in sedia a rotelle che se non ha cento anni per lo meno li dimostra. Tutti che chiacchierano fra loro. Butto l'orecchio per sentire se dicono qualcosa di utile, ma sono tutte banalità, tanto per conversare. Il rumore di una chiave che gira, si zittiscono tutti. La doppia porta si spalanca, la fila inizia lentamente a entrare. È la prima volta che vedo il personale dell'hotel. Hanno una divisa color vinaccia, con strisce oro sul collo e sulle maniche. Pantaloni dello stesso colore, ma senza strisce, per le donne una gonna che arriva sopra i ginocchi. Non so se ormai mi sto assuefacendo allo schifio cromatico che impera in questo hotel, ma al confronto con altre cose che ho visto questa divisa non è neanche male.

Tavoli da quattro, già apparecchiati. La gente comincia a sedersi. Una tipa dell'hotel, bruna e riccia, inizia a girare per i tavoli. La osservo. Chiede il codice della stanza e lo segna su un block notes. Ogni tanto sparisce alcuni secondi dietro una porta, poi torna a prendere i codici di un altro tavolo. Probabilmente dietro ci sono le cucine, o qualcosa di simile, dato che dopo un po' dalla stessa porta esce un suo collega che porta i piatti ai tavoli.

La fermo, «Scusi, io sono appena arrivato. Non ho fatto l'ordinazione, è possibile avere qualcosa da mangiare lo stesso?».

«Certo, nessun problema».

La tipa è molto gentile. Da come me li aveva descritti il Messina mi ero immaginato che gli addetti dell'hotel fossero freddi e misteriosi, come un software installato su un androide. E invece la cameriera è una donna del tutto normale. Avrà 45, massimo 50 anni. Un po' in carne, "sovrappeso" direbbero gli stronzi, ma è una fisima della nostra società, in realtà sta benissimo così. Ha un accento strano, forse romagnolo, boh.

«Per primo oggi abbiamo tortellini in brodo o tagliatelle col ragù. Per secondo invece scaloppina al vino bianco, può scegliere il contorno di patate fritte o spinaci».

Non c'è tanta scelta, insomma, ma non ci si può lamentare.

«Vanno benissimo le tagliatelle, e la scaloppina con gli spinaci, grazie». Le patatine fritte fanno più gola, ma è un po' che mangio schifezze e gli spinaci sono ottimi per lenire il senso di colpa.

«Da bere acqua, birra, vino?».

«Birra». OVVIO!

«Mi dia il codice della sua stanza, poi si sieda pure dove preferisce, quando è pronto la troverò io».

Tiro fuori il portachiavi perché mica me lo ricordo a memoria, «È 66N21», ma mentre lo dico me ne pento perché penso cazzo, mica il pranzo è gratis. Potevo dire un codice inventato, così il costo finiva a carico di un altro. Ma forse meglio così, metti che beccavo una stanza vuota, oppure un tizio di quelli che sono seduti qui? Non vale la pena rischiare figure di merda, tanto non è che siamo al Ritz (che non ho ben idea di cosa sia sto Ritz, ma credo sia uno di quei ristoranti che ti portano un piatto con quattro cagatine minuscole dentro e ti fanno pagare cento euri, novell cusìn dei miei coglioni).

Dove mi siedo? A un tavolo solo sarebbe il top, ma rischio che qualcuno mi veda e pensi bene di venire ad attaccarmi bottone. Meglio passare al contrattacco. Decido dunque di sedermi assieme alla compagnia meno molesta. Dopo una rapida occhiata decido per un ragazzo seduto da solo. Capelli biondastri (cioè un po' biondi e un po' castani, una via di mezzo tipo) corti, muso semplice, sbarbato, t-shirt e tuta.

«Buongiorno, posso sedermi?».

«Prego, è libero. Come ti chiami?».

Oh, finalmente uno che mi dà del tu.

«Mi chiamo Lorenzo Marega, vengo da Sagrado, è in provincia di Gorizia. Sono appena arrivato. Piacere». La regola d'oro è non usare mai due volte lo stesso nome falso. Sennò se usi sempre lo stesso finisce che diventa comunque un nome che ti indica, un modo per individuarti. Fidatevi, funziona.

«Piacere, mi chiamo Lorenzo anch'io. Lorenzo Fantin. Io sono di Pordenone».

Lo spiego per quelli che non conoscono bene la zona: la regione Friuli Venezia Giulia è un labirinto etnico. Nell'estremo est abbiamo i triestini, mentre la provincia di Udine raccoglie i friulani (o furlani che dir si voglia). Ovviamente i due si odiano fin dalla notte dei tempi. Che poi è il motivo per cui se un triestino ti sente dire solo "Friuli" invece che "Friuli Venezia Giulia" si incazzerà a morte e ti inizierà a rimproverare che no, il Friuli è la parte udinese, i triestini non sono friulani ma al limite giuliani, e bla bla bla. Ecco, la Bisiacheria è una strisciolina di terra in mezzo a queste due parti in lotta. Ovviamente il triestino ci vede con sospetto, nonostante il nostro dialetto sia praticamente identico al loro, ma geograficamente siamo già in odor di furlanìa. D'altro canto i furlani ci considerano triestini (e quindi nemici). Noi da parte nostra stiamo bene dove stiamo, l'importante è che nessuno ci rompa le balle. E Pordenone, in tutto questo, come si inserisce? Boh, Pordenone è lassù, nell'angolino, abbastanza lontana, infatti non ci si va mai. Territorio neutro, come dire. Tutto questo per dire che per fortuna sto Lorenzo è della mia regione, ma abbastanza lontano da dove vivo per non avere pregiudizi campanilistici nei miei confronti (e viceversa).

Devo ammettere che il mio quasi omonimo è simpatico, nonostante sia un gran chiacchierone. Oddio, simpatico per un'oretta, giusto il tempo di mangiare assieme, poi immagino diventi pesante. Comincia a raccontarmi che lui è qui da un anno, che faceva l'idraulico, che è il mestiere di famiglia che gli ha insegnato suo papà, e infatti lavoravano spesso assieme anche se lui ormai ha settant'anni, che gliel'ha detto tante volte ma lui non vuole mollare, e che un giorno si è risvegliato nell'hotel infinito e per fortuna il mese scorso si era appena mollato con la sua ragazza storica e almeno sta cosa gli dà un senso di distacco e che lui non immagina nemmeno quanto soffra chi ha magari una moglie o un figlio che li aspetta e non tornerà mai.

Nel frattempo la cameriera riccia era uscita dalla porta, mi ha visto, è rientrata probabilmente per dire al suo collega dov'ero seduto, e subito dopo l'altro mi ha portato le tagliatelle. Buone, non eccellenti, livello "sagra di paese", che è sotto "cucina casalinga", ma sopra "mensa aziendale". E poi sono condite con la fame.

Lorenzo continua a parlare praticamente da solo, intanto io mi sbafo le tagliatelle. A un certo punto però smette improvvisamente di raccontarmi la sua vita, e mi fa una domanda.

«Anche se sei appena arrivato, forse ti sarai già fatto un'idea. Secondo te che cos'è in realtà l'hotel infinito?».

Quella volta non lo sapevo, ma fra gli ospiti dell'albergo questa è una domanda di rito, quasi una sorta di convenevole. Come quando si parla del tempo, tipo "bella giornata di sole, eh?". Qui non ci sono finestre e il tempo non si vede, quindi evidentemente compensano parlando dell'hotel stesso.

«Boh», risposi, con la bocca piena. Sembrava quasi un rutto.

Lorenzo non si scompone, si vede che in fin dei conti non gli interessava la mia opinione, più che altro voleva che io gli riproponessi la domanda, col classico "e invece, secondo te?".

Il pordenonese rimane in silenzio, con un sorrisino da pirla, in attesa. E vabbè, mica posso fare sempre l'antipatico.

«E invece, secondo te?».

Non aspettava altro. Si guarda attorno con un'aria loschissima, e sussurra sottovoce, che non senta nessun altro: «In realtà non è un hotel. Pensaci: una struttura enorme e strana, misteriose sparizioni, gente che scompare dal mondo e si ritrova qui, tutta intontita. Sono tutti gli indizi di un'abduction».

«M-mmh», annuisco, mentre bevo la birra dalla lattina. Una Heineken, bleah. Non pretendo una Laško, ma almeno una tedesca. Ma sempre meglio delle birre belghe, che tutti dicono che sono le migliori, ma a me fanno cagare di brutto, così pastose e dolciastre. La birra deve dissetare, mica è un pasticcino, che cazzo.

«E quindi l'albergo è un'astronave. Un UFO, ecco. Forse siamo in orbita, ancora vicino alla Terra, ma quando le stive saranno piene torneranno al loro pianeta, e non oso immaginare cosa sarà di noi. Nel migliore dei casi ci venderanno come animali di compagnia. O forse ci chiuderanno in uno zoo, o ci porteranno in laboratorio per studiarci. Forse ci stanno già studiando. Oppure siamo un ingrediente prelibato».

Lorenzo si ferma, una pausa per aumentare l'effetto scenico, o per ricevere consensi. Gli concedo un «Interessante...», di più non ce la faccio.

«Ovviamente i piani non sono veramente infiniti. Dev'essere una simulazione, forse un ologramma».

«Tipo l'holodrek di Star Wars».

Lorenzo non coglie la provocazione.

«Proprio così!».

Nel frattempo le tagliatelle sono finite, e già sta arrivando il cameriere con la scaloppina. Il servizio non è niente male, bisogna ammettere. E neanche la carne, dai, forse un po' troppo cotta ma adesso non è che sto qui a fare il raffinato.

9.

Finisco di mangiare, portano il caffè, e devo dire che era pure buono. Però saluto in fretta il Lorenzo, che sarà brutto da dire, ma a me il caffè muove l'intestino, e avrete capito che è il caso di tornare velocemente in stanza. Vado in fondo al corridoio scendo giro a sinistra salgo per le scale passo un altro corridoio svolto a sinistra, tutto con un passo molto veloce. Quando si ha fretta l'architettura incasinata dell'hotel dà ancora più sui nervi.

Sulla porta della stanza c'è il cartello "non entrare, pulizie in corso". Certo. Evidentemente il Signore vuole mettermi alla prova per vedere se riesco a sopportare la situazione senza bestemmiare. Non si capisce perché si ostini a farlo, visto che sta prova non riesco mai a passarla.

Busso, «Mi scusi, so che state pulendo, ma avrei un'emergenza». Sì lo so, ci faccio una figura misera, ma volete o no che vi racconti tutto? Ah no? Beh bastava dirlo. Peccato, a me ste cose interessano sempre. Tipo nella Divina Commedia, Dante va in giro per l'inferno e racconta tutti i dettagli, ma quando gli scappa una cagata, dove va? In qualche anfratto? Con cosa si pulisce? Ecc. Questo mica lo dice. Sono dettagli che magari non centrano con la trama, ma voglio vedere voi, a camminare per giorni, prima o poi la natura chiama. Ma ok, mi fate capire che a voi di sti problemi logistici non frega proprio un cazzo, anzi, preferite non sentirli. Allora riassumo dicendovi semplicemente che il tizio che puliva la stanza si è dimostrato molto comprensivo, mi ha lasciato la stanza libera e quando sono uscito mi ha chiesto pure se avevo delle necessità da segnalare. È stato a lui che ho chiesto dei vestiti di ricambio. Gli ho chiesto anche se avesse un caricabatteria per il cellulare, ma «Mi dispiace, no».

Il pacco è che adesso non so cosa fare. Vabbè, anche se fossi rimasto in stanza non avrei saputo come passare il tempo. Non ho neanche il cellulare per vascare un po' su facebook e istagram. E pure se lo avessi anche quello dopo mezz'ora stufa. E qui ti accorgi quanto sto maledetto hotel sia subdolo. Già sto pensando a come occupare le giornate, come se mi fossi rassegnato a restare qui per sempre. Eppure sono appena arrivato, cazzo. No, non voglio finire come gli altri ospiti. "Ospiti" poi. Prigionieri consenzienti, altroché. Ecco come impiegherò il pomeriggio: a cercare un'uscita. "Questo albergo non ha uscita, è infinito", ma vaffanculo. Come cazzo fa un hotel a essere infinito? Lo ha capito persino quel basualdo di pordenonese che è un'idea balorda.

Visto che stamattina ho seguito il corridoio verso sinistra, adesso giro dall'altra parte. (Oh so già che mi incasinerò con destra/sinistra, ve l'ho detto, se poi andate a controllare nei capitoli precedenti e «ma hai scritto che eri andato verso destra la mattina» fate finta di niente, dai.)

Poco oltre la mia stanza il corridoio svolta a destra, tira avanti di un centinaio di stanze, poi curva (non curva curva, perché fa un angolo di novanta gradi, ma insomma, era un sinonimo per non usare sempre le stesse parole). Dicevo, curva a sinistra, trenta stanze, altro giro a sinistra, ottantaquattro stanze (sto cominciando a contarle), svolta a bon dai, avete capito, avanti così. È come se l'hotel volesse smentirmi, «uei pirletta, guarda che sono veramente infinito, cosa credi?» (Per qualche strana ragione nella mia fantasia l'hotel ha un marcato accento milanese). Ma non gliela dò vinta, che cazzo. Cammina, cammina, cammina, i numeri delle stanze stanno raggiungendo il migliaio, 996, 997, 998, 999... E poi niente, 1000, 1001, 1002. Che coglioni. Oh ma quando voglio so essere testardo. Tanto non ho un cazzo da fare. Per farla breve, sono arrivato alla stanza 2024. Tipo un'ora di camminata non stop (almeno credo, non ho l'orologio). È stato lì che ho incontrato il mio antagonista. Sono emozionato, è la prima volta che ho una nemesi. Di gente che mi sta sulle balle ne ho una caterva, e anche le baruffe non si contano, ma sta roba da cartoni animati non mi era mai successa. Effettivamente sto tizio tanto a posto non dev'essere. Avrà la mia stessa età (cioè circa quarant'anni, che ora che ci penso non mi sono descritto. Apro una parentesi? Ma sì dai. Mi chiamo Giovanni Trevisan (sì, è un nome falso, e sì, ho aperto una parentesi nella parentesi, forse dovevo usare le quadre e le graffe come nelle equazioni?), ho trentasette anni, vivo a Soleschiano, frazione di Ronchi ("dei Legionari" mi ha sempre fatto cagare, per me "Ronchi" basta e avanza). Ho la barba rossa e i capelli marroni ("castani" mi sembra troppo raffinato) abbastanza incasinati con ricci e ciuffi. Alto quel che basta, un po' di panzetta da birra, ma niente di grave dai).

Boh, cosa stavo dicendo? Ah sì, il tizio fuori di testa. Avrà la mia stessa età, ma non potrebbe essere più diverso. Alto un metro e una verta, buh, forse addirittura arriva ai due metri. Pure abbastanza muscoloso. Capelli biondi-rossicci raccolti in una coda, occhi verdi, cazzo ma che faccia ha, sembra si sia messo la cipria e il fondotinta. E anche le unghie lucide, come se fossero laccate. Contento lui contenti tutti, per carità. Porta la divisa dell'hotel, ma sul petto ha una vistosa spilla d'argento con una stella a sette punte.

«Stai ficcando il naso dove non dovresti, Fabrizio».

Ah! Visto che serve dare sempre nomi falsi diversi? Adesso so che quel bastardo di Roberto Messina è uno di cui non devo fidarmi. Beh lo si capiva subito, c'è da dire. Uno che dà agli altri del lei, che cazzo.

«E tu chi saresti?».

Risatina compiaciuta.

«Io sono...» - pausa teatrale - «il custode!».

Uuuh, cazzo, il custode. Complimenti, eh. Ma cos'è, tipo un'identità segreta? Avrei capito "il guardiano", suona epico, ma "il custode"? Mi fa venire in mente un tizio che lo chiami se hai qualche guasto, tipo "signor custode, il lavandino si è stroppato, non scarica più bene."

«Piacere di conoscerti». (Sto resistendo alla tentazione di rispondere con una battuta, tipo "Io invece sono... il bidello!")

«È presto per dirlo».

«Cioè?».

«Che è un piacere».

«Aaah!». Nel senso che potrebbe non essere un piacere, effettivamente non l'avevo capita subito.

Il custode spalanca le braccia, come a dire, "di qua non si passa". Oh, ha persino in mano un bastone da passeggio, ma da che film è uscito sto tizio?

«Cos'è, non si può andare oltre?».

«Vedo che sei perspicace».

Ma chi usa la parola "perspicace" nel parlato? Peggio di cribbio.

«Perché? Cosa c'è oltre?».

«Attento a fare troppe domande, rischi di scottarti».

«Quindi qui avanti c'è qualcosa di importante».

«...No». Che loffio.

«E che tu non vuoi che io veda».

Il custode cambia registro, ma ormai l'ho sgamato: «È per la tua sicurezza».

Sì, che cazzo è, il locale caldaie? Dai.

«Ah ok, grazie. Visto che alla fine è stato un piacere?».

«Mh! Scherzi col fuoco, ma la prossima volta che ci incontreremo non te la caverai con le parole. Imparerai a tue spese cosa significhi la profezia del Porto Vecchio: da qui non si arriva, né si parte».

E poi niente, rimane lì. Se fossimo in un film sarebbe scomparso misteriosamente, tipo un ninja o qualcosa di simile. Ma il custode per fortuna non ha con sé fumogeni o trucchi speciali, e quindi resta lì, in piedi, con le braccia sbarrate. Giusto un pelino imbarazzante.

«Beh allora io vado eh. Arrivederci».

«Arrivederci. Forse!».

Si vabbè ciao.

Avrei potuto anche tirargli un pugno, stenderlo e proseguire. Di solito evito di fare a botte, non perché sia contrario alla violenza ma perché non voglio rogne con denunce e cose di questo genere. In sto manicomio però non credo ci siano poliziotti o carabinieri, quindi via libera. Il fatto però è che sto custode era bello palestrato, va a sapere che magari è lui che stende me. Piuttosto aspetto di trovarlo distratto e lo prendo alle spalle, un bel colpo in testa e via. Vigliacco? Sì, ma efficace. Mica siamo in un torneo di cavalieri.

Alla fine ho deciso di ritornare in stanza. Nel frattempo l'inserviente ha pulito tutto e ha pure rifatto il letto. Sopra i lenzuoli ha lasciato i vestiti di ricambio, ben piegati e puliti, anche se con colori orrendi. Beh, sapete che vi dico? Pisolino pomeridiano.

10.

Non so quanto avrò dormito, ma mi sono svegliato tutto rincoglionito, come sempre quando dormo il pomeriggio. Però ci stava. Rimango un po' seduto sul letto, dopo decido di farmi un'altra doccia, così metto i vestiti nuovi. Mutande color senape pallida, braghe lunghe leggere color ciliegia, tshirt verde bandiera e una sorta di gilet senza maniche nero, tipo quelli che mettono i pescatori, carichi di tasche e taschine.

Bene, tutto pronto. Sarà già ora di cena? Senza dubbio ho già fame, con tutto quel camminare. Ma cazzo un aperitivo qua non lo fanno? Che barbari. (Nota: in bisiacaria l'aperitivo non è quelle cose fighette che fanno a Milano, tutti vestiti come stronzi a bere spriz aperol mangiando fingerfood. Che poi fingerfood e spriz aperol non è che facciano schifo, lo ammetto, ma è tutto il contesto da fighetti che mi fa cagare, per non parlare che poi spendi un casino. No, l'aperitivo bisiaco è più sullo stile "una birra e una polpettina", o lo spriz vero (acqua e vino, con più vino che acqua) e un uovo sodo. Ah, uovo sodo, adesso ci starebbe da dio!)

Magari lo fanno pure, solo che io non lo so. Bene, è il momento di uscire. Decido di bussare alle porte del corridoio, così conosco anche i vicini di stanza, e già che ci sono gli chiedo se c'è un bar o qualcosa di simile.

Toc toc, silenzio, toc toc di nuovo, silenzio. Nella 67 non c'è nessuno, e neanche nella 68. Idem per le stanze 64 e 63. Saranno vuote, o forse l'ospite è in giro. Stanza 62, toc toc, pausa, «Andate via». Una voce roca, da vecchietta. Ok. Arrivo alla stanza 59 e già sto pensando di abbandonare l'idea, quando finalmente qualcuno mi risponde, «Arrivo».

Tizio sulla quarantina, volto asciutto, moro, barba di due giorni. Occhi stretti e glaciali. Indossa un accappatoio con il marchio dell'hotel, color cachi. Non i pantaloni, proprio i frutti. Mi squadra, per un attimo gli sfugge un'espressione delusa ma subito si ricompone in una maschera di cortesia.

«Buongiorno, lei è?».

Tutti con sto lei, oh. E io rispondo col tu apposta per dargli fastidio.

«Ciao, Mi chiamo Manuel Fabris, vengo da Aquileia, in provincia di Udine. Sono arrivato ieri. Mi spiace se ti disturbo, ma posso chiederti un paio di cose?».

«Certo. Piacere, io sono Giuseppe Battisti, abito a Mantova. Abitavo, credo. Anch'io sono arrivato qui da poco, oggi è il mio decimo giorno».

«Scusami se te lo chiedo senza giri di parole, ma che intenzioni hai? Non ti sarai rassegnato a stare qui?».

«Non mi sono rassegnato, no. Però ho provato a cercare in lungo e in largo, e ancora non ho trovato una traccia che conduca all'uscita. Voglio tornare a casa, ovvio, ma sto perdendo le speranze. L'avrai sentita anche tu la legge del Porto Vecchio, immagino».

«L'ho sentita, sì, ma o non me la ricordo o non l'ho capita. Né di Venere né di Marte ci si arriva o ci si parte? Boh?».

«Beh no, è una cosa più... metafisica, per così dire. È un luogo simbolico, uno stato dell'esistenza. Immagina di essere in una grande sala d'attesa, piena di gente che aspetta, senza conoscere il proprio turno. Ogni tanto chiamano un numero, ma nemmeno sai quale sia il tuo: ti chiedi se gli altri nascondino un bigliettino con il proprio numero, da qualche parte, e ti viene il desiderio di sottrarglielo. Ma poi ti rendi conto che non sai neppure di che cosa sei in attesa; e se la chiamata sarebbe una liberazione o una condanna. Ecco, questo è il Porto Vecchio - in senso figurato, si intende».

Anche sta cosa, mi sa, non la capisco e non la ricorderò. Poco male, anzi meglio così. Dicono che bere fa dimenticare le cose, ma io preferisco pensare che sia per far spazio ad altre più importanti.

«Beh, teniamoci in contatto dai, se scopro qualcosa ti faccio sapere, e viceversa». In realtà non ti faccio sapere un cazzo, mica mi fido di te.

«Grazie, sapere di non essere solo mi conforta. Gli ospiti di vecchia data sono così... non so spiegartelo. Non ci pensano proprio a scappare di qua, ma anzi gli dà persino fastidio che se ne parli».

«Sì, l'ho notato anch'io». Pausa, perché la domanda successiva sembra un po' banale, e sembra pure contraddire la prima. «Beh cambiando discorso... Sai se c'è un bar, o qualcosa di simile?».

«Mi hanno detto che ce n'è uno nel piano 18, corridoio S, o forse F, non ricordo bene. Io non bevo, quindi non ci sono mai stato, sinceramente non mi ricordo le indicazioni».

"I tipi che non bevono hanno qualcosa da nascondere", diceva il tizio, lì, il poeta. E poi perché ti senti in dovere di dirmelo? "Io non bevo", che fai, ti vanti? Bravo, complimenti. Io invece sì. Va' a cagare.

Piano 18. Stamattina ero sceso fino al piano 19, credo, boh, con tutte ste discese e risalite non si capisce un cazzo. Qui è venuto il momento di farsi una mappa mentale. Uscendo dalla porta della mia stanza si può andare a destra o a sinistra, ma a destra (la mano che scrive) c'è il corridoio che non finisce più e poi arriva quel pirla del custode. Andando a sinistra invece si arriva in fondo al corridoio e ci sono le scale che vanno giù al piano 20. Poi... buh. Chi si ricorda? O a destra o a sinistra, e poi buh. Devo recuperare carta e penna.

«Non è che avresti un foglio di carta e una penna, o una matita?».

«No, mi spiace». Merda.

«Fa niente. Sai forse che ore sono?».

«Sono le sei e tre quarti». Mi fa impazzire la gente che porta ancora l'orologio, ma non basta guardare l'ora sul cellulare? Cos'è, uno status symbol? E allora perché hai uno di quei Casio di plastica che costano 30 euro?

«Grazie. Allora ci si vede».

11.

Alla fine ho deciso che torno in stanza dieci minuti, poi andrò a cena. Cazzo, mi sono dimenticato di compilare il modulo per chiedere la cena. Vabbè dai, ho visto che non ci sono problemi, non rimarrò a digiuno.

Quando arrivo trovo la porta della sala mensa già aperta. C'è la stessa cameriera di prima, le spiego che sono stato scemo e lei con gran cortesia mi elenca cosa c'è di cena. Alla fine scelgo: niente primo, ma in compenso doppia porzione di tacchino col purè. E una mela, sempre per il discorso di mettere a tacere i sensi di colpa salutisti.

«Scusa ma come birre avete solo la Heineken?».

«Sì».

Urgh. Beh, comunque: «Posso chiederle tre lattine?».

«Certo».

Bene, compensiamo la qualità con la quantità.

C'è il pordenonese (come cazzo si chiamava?), mi saluta. È seduto con una donna, abbastanza carina, si vede che lui la sta lumando. Bene, ho la scusa per lasciarli soli. Lo saluto e fingo uno sguardo di intesa, e poi mi siedo a un tavolo vuoto. Che resta vuoto per poco tempo, non fa neanche in tempo ad arrivare il tacchino che già arriva un tizio e mi chiede di sedersi. Vabbè ah, che ti devo dire?

«Prego. Mi chiamo Roberto Innocenti. Sono di bla bla bla» e mi spiace, per oggi la mia capacità di ascoltare le persone ha raggiunto un limite. Per un po' anche ce la faccio, ma poi ne ho le palle piene e allora inizio ad annuire e magari rispondo "ah", "ok", "sì", pure abbastanza a tema, perché il mio inconscio è diventato bravo a dare risposte in base al contesto, però non registro niente di quel che mi dicono. E mi sono pure rotto i coglioni di descrivervi gente, che cazzo siamo, in un romanzo russo? Era un tale, un po' stronzo ma inoffensivo, né giovane né vecchio. Immaginatevelo voi, dai.

Finiti (credo) i convenevoli, il tizio mi chiede la solita domanda: «Secondo lei, cos'è veramente questo hotel?».

Domanda troppo complessa per rispondere a monosillabili.

«Come scusi?».

«Sì, avrà capito, la vera natura di questo cosiddetto hotel infinito».

«Ah, certo. Secondo me in realtà è un gigantesco UFO in orbita intorno alla terra, ci hanno rapiti e poi quando le stive sono piene tornano al loro pianeta, e noi chissà». Riciclo alla grande la cazzata del pordenonese.

«È un'ipotesi suggestiva. Io invece mi sono convinto che», fa una pausa per mangiare, lui ha preso i ravioli con panna e prosciutto, «l'albergo in realtà sia una metafora della società postmoderna. Stanze e piani tutti uguali, senza gerarchia, senza senso. Senza capo né coda, letteralmente. È chiaramente un'allegoria della nostra cultura che ha gettato via tutti gli antichi punti di riferimento, senza saperne trovare di nuovi».

Uh, che palle con sta menata del postmoderno! So cos'è, una volta sono andato a cercarmi il termine su wikipedia. Cioè, non ho letto tutta la pagina, era uno sbrodolotto lungo così, noia solo a vederlo. Però ho letto il riassuntino iniziale. È una specie di corrente letteraria che interpreta la crisi della modernità come se fosse un crollo della realtà. Tipo storie strambe in cui non si capisce cos'è vero e cos'è finto, robe così. L'autore che entra nella sua stessa storia, diversi livelli di realtà narrativa che si confondono. All'inizio sarà anche interessante, ma poi l'hanno fatto talmente tante volte, anche in film e telefilm, che insomma ormai ha veramente frantumato i testicoli.

Meglio dargli corda, se gli dessi contro sto qui sarebbe capace di parlarmi per ore delle sue cazzate.

«Mmh, interessante». E per essere più convincente fisso pure un attimo il vuoto, come se stessi meditando sulla sua idea, e invece sto pensando chissà se avranno un amaro per chiudere in bellezza la cena.

«Capisce? Siamo soltanto personaggi nella mente di un autore». Argh, che segoni mentali!

Per fortuna dopo cena ho ottenuto ben due bicchierini di amaro averna. Meglio che niente, c'era o quello o il rabarbaro zucca (bleh), quando ho chiesto il pelinkovec mi hanno guardato come se venissi da un altro pianeta (in senso metaforico, non la storia dell'ufo).

Insomma, carico a dovere per andare a letto. Sì, non saranno neanche le nove, ma che cazzo, non ho la tv, non ho il cellulare, il bar è in culo al mondo, e poi che cazzo di giornata è stata? Oh, vorrei vedere voi al posto mio.

SECONDO GIORNO

12.

Sveglia con poco mal di testa, bene. Un quarto d'ora di tristezza mista a bestemmie quando mi sono ricordato dov'ero. In questi casi al risveglio speri sempre che sia solo un sogno e cazzate di questo genere.

Quel cazzone di Messina non mi ha detto quando iniziano a dare la colazione, ma d'altronde non ho alba di che ora sia. Abluzioni mattutine e via, vado lo stesso in sala mensa, la fortuna aiuta gli audaci. E infatti. Oddio, tanto audace non son stato, ok, ma in compenso neanche tanta fortuna. Perché da mangiare c'erano solo quelle briosc in sacchetto, fiappissime, finte proprio, ma quello c'è e quello si mangia. Per fortuna tè e caffè erano buoni. Ho preso pure un iogurt, sempre per il discorso del salutismo latente (parecchio latente, ma in fondo in fondo qualche rimorso c'è).

Mi si siede di fianco una tizia, più giovane di me. Occhiali, capelli lunghi e lisci, castani, con la riga in mezzo. Non brutta eh, ma con quell'aria svalvolata che ti fa stare in guardia, come dire, se le dai un minimo di confidenza è la classica tipa che ti si appioppa con paranoie e manie che meglio lasciar perdere fin da principio. Io sono Irene, ah io sono Alberto, io vengo da Macerata, io invece da Panzano (esiste veramente, è un rione di Monfalcone, non è un gioco di parole tipo "ti racconto una panzana"). Io sono qui da 3 mesi, io da una settimana (ho deciso che è il caso di dire balle anche riguardo a sto dettaglio). E poi l'immancabile domanda, che coglioni oh.

«Che cos'è veramente l'hotel, secondo te?».

Oh ma cazzo siete fissati. Inizio a rivalutare la tv, almeno distrae un po' la gente, sennò sai che chiodi fissi ti si inventano.

«È tipo un romanzo postmoderno ambientato su un UFO».

«Secondo me invece», e certo, non te ne frega un cazzo della mia opinione, è un pretesto per dire la tua, tutto lì, «siamo già morti, e ancora non ce ne rendiamo conto. Forse siamo all'inferno, oppure siamo in una stazione intermedia, in attesa di proseguire il cammino nell'aldilà».

«Ah tipo il Bardo Tandul, il libro dei morti nepalese. Interessante».

«Esatto, bravo», anche se vedo nei suoi occhi che non ha idea di cosa stia dicendo. Colazione inconcludente, insomma.

Decido di passare la mattinata in esplorazione. Se necessario salterò anche il pranzo, in compenso mi scofanerò a cena.

Dalla stanza a sinistra, in fondo al corridoio, giù per le scale. Fin qua me la ricordo. Da qui per forza a sinistra, che dall'altra parte finisce lì. Corridoione lungo, ma sto giro invece di scendere le scale vicine alla stanza 321, decido di continuare dritto. Un paio di curve, due centinaia di stanze, e finalmente trovo le scale. Bingo! (Bingo? Comincio anch'io a usare ste parole coglione, dev'essere l'influenza nefasta dell'hotel infinito.)

Le scale scendono di un piano, ma non sboccano in nessun corridoio. C'è semplicemente un'altra rampa, che scende ancora di un piano, e lì la stessa storia. Poi invece si arriva in un corridoio. Però lusso, tre piani in un botto solo, benissimo. Se non fosse che sto corridoio non è messo bene. Sia il pavimento che le pareti sono neri, carbonizzati proprio, e il soffitto è sporco di fumo. Solo poche plafoniere funzionano, tipo una su tre, quindi il percorso è male illuminato.

«C'è stata una guerra, qui. O almeno così dicono».

Mi volto di scatto. Non troppo scatto, di mattina appena svegliato non è che ho tutti sti riflessi, inizio a funzionare bene dopo mezzogiorno, ecco. Però un po' ho preso paura.

«Ciao, sono Fabio». Ragazzo di vent'anni, capelli corti corti, tuta sbrisa della adidas, celeste e consumata, con un buco ad altezza pacco, e forse la cerniera della maglia si è rotta visto che la indossa con la zip aperta a metà. Sotto una t-shirt dei Rammstein.

«Ah... ciao. Antonio, ma puoi chiamarmi Toni. Guerra, dicevi?».

«Me l'hanno raccontato, poi chissà. Sette anni fa, a quanto dicono. Un gruppo di ospiti si ribellò, erano decisi ad andarsene con le buone o con le cattive. Sfasciarono i letti, per usare i tubi della rete come spranghe. Presero in ostaggio due cameriere. Sono sicuro che non volevano far loro del male, ma non si sa mai, quando l'essere umano si fa prendere dalla foga diventa capace di tutto. Venivano dai piani alti, dal 30 in su. Riuscirono a sconfiggere sei custodi, cazzo. La forza della disperazione. Ma non riuscirono ad andare oltre questo punto».

Sto Fabio mi ha appena incontrato e subito ha iniziato a raccontarmi sta storia. Un po' una piattola, poi parla coi passati remoti, che cazzo, ma alla fine meglio degli altri che ho incontrato finora.

«Non era un custode come gli altri. Lo chiamano il maître. Per fortuna nessun ospite lo ha mai incontrato, o piuttosto, quelli che lo incontrarono non sono rimasti vivi per raccontarlo. Di solito però non gira per l'hotel, devi proprio pestare i piedi ai custodi per attirare la sua attenzione. Ma pochi sono così folli da farlo, ovviamente».

Quindi c'è più di un custode. E dire che il tizio mi si era presentato come "IL" custode. Che fanfarone.

Fabio mi si avvicina, come per raccontarmi un segreto. Si avvicina un po' troppo, mettendomi le mani sulle spalle. Ma che problemi hanno quelli che ti toccano? Neanche se ci conoscessimo da dieci anni. Cazzo, puoi parlare sottovoce, ma quelle mani infilatele nel culo, e sta nel tuo. Oh! Sto Fabio, dicevo, continua che «Il maître comparì fra di loro, nessuno riuscì ad accorgersi del suo arrivo. Schioccò le dita, in un attimo l'intero corridoio si riempì di fiamme. I rivoltosi si contorsero di dolore, dopo pochi secondi dei loro corpi non rimase che carbone. E lui lì, vittorioso, fra le fiamme, come se il maître fosse inattaccabile, persino dal fuoco».

«Non si è salvato nessuno?».

«Nessun superstite. Il maître non fa prigionieri».

E allora se nessuno si è salvato chi cazzo ha raccontato sta storia? Sto maître è andato a vantarsi in giro che ha grigliato la gente? Dai su.

«Che roba. Ma dimmi, c'è un bar da queste parti?».

«Sì, se vuoi ti ci accompagno, sennò non è facile da trovare».

Eccellente.

13.

Si va oltre il corridoio bruciato, ci sono delle scale che salgono sulla destra, si va in fondo al corridoio, altre scale che salgono sulla destra, poi si arriva in un corridoio color carota rimasta troppo in frigo. Si gira a sinistra e l'ultima stanza in fondo è il bar. Ricordatevelo, è importante.

«Caffè macchiato in bicchiere, e brioche». Finalmente la brioche è vera, appena scaldata. Trionfo.

«Per me un decaffeinato, grazie». Ma che cazzo, Fabio, hai venti anni, vergognati. Veramente, se hai problemi di pressione posso capire, ma in quel caso beviti un succo di frutta. Caffè decaffeinato, che senso ha? Peggio di quello c'è solo la birra analcolica.

Oh in bar c'è persino la tv. "Mattino Cinque", una trasmissione insulsa su canale 5, però cazzo quasi mi commuove, mi dà un'impressione di normalità.

«Secondo te cos'è veramente l'hotel?».

Fabio, Fabio, Fabio. Stai perdendo sempre più punti.

«Sembra che sia un UFO postmoderno, ma in realtà è l'inferno, e la gente è morta».

«In un certo senso è vero». MA VERO COSAA!?!? «Ma non è esattamente così. L'hotel è un sistema di controllo. Hai presente il film Matrix?».

E come potrei non aver presente il film Matrix, che chiunque si è sentito in dovere di scriverci su come se fosse un trattato di filosofia, che dai, cazzo, era pure un film bello, quattro stronzi che si legnano e sparano proiettili facendo capriole assurde, e il bello del film era lì, non tutte ste menate che è una metafora del capitalismo e che cos'è veramente la realtà e che cazzo. "Pillola rossa o pillola blu?" Ma una supposta nel culo, altroché.

«Certo. E quindi i custodi sarebbero come gli arconti dei vangeli gnostici, e il maître è il demiurgo».

«Eh?».

«Non vogliono lasciarci sfuggire da questo mondo-prigione».

«Esatto, come l'agente Smith».

Eeeh.

Nel frattempo Mattina 5 è finito e dopo una sfilza di pubblicità sta iniziando Forum. Forum cazzo, c'era già quando ero piccolo io, ma non si stufano di sta boiata?

Ma per colpa di Fabio mi son dimenticato di parlarvi della Patrizia, che è la banconiera del bar. Ed è una dimenticanza imperdonabile, perché è una bella tettona, ok, avrà dieci anni più di me, ma insomma si fa guardare. Riccia e rossa di capelli. Poi io sono sposato eh, non vado in giro a far cazzate (lo specifico perché poi anche mia moglie viene qui a leggere e sennò mi tira le orecchie) però ecco, il bel panorama fa sempre piacere. Altro che Matrix e cazzate. Beh sono già le undici, «Patrizia fammi un sprizzetto morbido (bianco eh, non quella roba fighetta dello spriz aperol) e... Hai un polpettina?».

Sguardo interrogativo. «Ah, morbido nel senso, più acqua che vino. È ancora presto, in fin dei conti».

Fabio mi saluta, vabbè ciao, ci si vede. Bis di sprizzetto che a sto punto mangio ancora un paninetto col pollo impanato e lo chiamo pranzo. Mica male sto bar. Bene, sazio e dissetato, posso riprendere l'esplorazione. «Ah no, fammi ancora un caffè corretto Baileys, Patrizia. Posso chiamarti Patty?».

Fa cenno di no con la testa. Vabbè dai.

14.

Torno un po' indietro e prendo un bivio che prima con Fabio avevo adocchiato, ed effettivamente trovo un'altra rampa di scale che scende. Da qui in poi smetto di dirvi "giro a sinistra, svolto a destra", a) perché mi stufo io di scriverlo, quindi penso anche voi di leggerlo, b) perché effettivamente non mi ricordo tutti i passaggi, lo ammetto. E c) troverò la strada per tornare in stanza? Ma chi se ne frega, alla fin fine io voglio uscire dall'hotel. Anche se c'è da dire che il bar non era male dai, vabbè anche lì hanno la Heineken (bleeh, ma almeno qui è alla spina) e la Poretti (meno bleh ma comunque non la mia preferita, e poi questa è solo in bottiglia). Però anche qui ti chiedono il codice della stanza e basta, non è che paghi, te lo mettono nel conto della stanza. Quindi potrei scroccare il più possibile e poi scappare solo quando c'è da pagare il saldo. Se solo avessero la Laško sarebbe un piano perfetto.

Mentre pensavo ste cose sono sceso di altri due piani. E lì, in mezzo al corridoio, ti incontro un bimbetto. Già lo odio.

Avrà otto anni, ha i capelli a caschetto, biondi oltretutto, come faccio a non odiarlo? Sti piccoli esseri umani malfunzionanti mi danno l'allergia immediata. So che non è una cosa da dire in giro, la gente direbbe "sei insensibile" o addirittura "sei uno psicopatico" ma in realtà sono solo sincero. Voglio dire, sei lì nel vagone del treno, cerchi di leggere il giornale, sale la scolaresca in gita, venti marmocchi che urlano come dannati e si agitano e ti vengono vicini, e non puoi neanche far niente o si mettono a piangere e a strillare ancora più forte e fastidioso. Dai, ammettetelo, non fa piacere.

«Ciao, sono Luca, come ti chiami?».

«Innanzitutto mi dia del lei, non vede che sono più anziano?».

"Ma prima hai detto che non sopporti il darsi del lei", direte, e avete anche ragione, ma vaffanculo anche la coerenza, è solo un modo per incastrarsi da soli. Mi dà per le balle quando mi danno del lei, questo non cambia, ma se è per dar fastidio al bimbetto, questo e altro.

«Mi scusi». Il marmocchio corregge il tiro, bravo.

«Mmmf». (Se gli rispondi "ma no, non fa niente", poi questo si prende confidenze.)

«Cosa vuoi da me, sgorbietto?».

«Ha attraversato il corridoio bruciato?».

«Perché vuoi saperlo?».

Sto qua è un spione, secco. Che tutti dicono che i bimbi sono innocenti, ma cazzo non avete fatto l'asilo? I bambini sono dei demonietti malefici, egoisti privi di scrupoli. Se si dice che i bimbi sono innocenti è perché assorbono come spugne i difetti e i pregiudizi dei genitori, ma siccome il papà e la mamma pensano che questi difetti siano pregi, ecco che "Ooh il piccolo Luca è così innocente", e invece è un piccolo bastardo come te. Insomma io mica mi fido di sto Luca, cazzo appena mi incontri mi fai il terzo grado, poi va a sapere a chi va a spifferare sta spia di otto anni.

«Mio papà dice che lì c'è stata una guerra».

«L'ho sentito anch'io».

«Quelli del corridoio L avevano dei conti in sospeso con la gente del corridoio U. Un giorno hanno attaccato con le molotov. Tredici feriti e tre morti, due per asfissia e uno arso vivo. Da quel giorno a quelli del corridoio L nessuno gli pesta più i piedi».

Ma che cazzo ti insegna tuo papà, oh? Quell'uomo è fuori come un balcone.

Aspetta però, «Tuo papà?». È la prima volta che sento nominare un rapporto di parentela nell'hotel. Tutti gli altri erano stati "rapiti" da casa, strappati da famiglie e città differenti, e una volta giunti nell'hotel non conoscevano nessun altro degli ospiti. O almeno me l'ero immaginata così, la storia. «Siete arrivati nell'hotel assieme?».

«No. Papà è qui da dodici anni, prima che io nascessi. Cioè, io sono nato qui».

Uh, agghiacciante. Mi farebbe pena, se non fosse un marmocchio fastidioso.

Luca si aspetta che io gli dica qualcosa, come se fossi curioso della sua storia o menate simili, ma invece lo saluto e vado via. All'inizio cerca di seguirmi, ma un bel «Fila via!» gli fa cambiare idea.

Alla fine del corridoio trovo un'altra scala, ma che palle, è in salita. Potrei tornare indietro e esplorare altre strade, mi sono lasciato alle spalle un sacco di bivi. Ma rischio di incontrare nuovamente il bimbo, sto giro non me lo leverei dalle palle così facilmente.

15.

Alla fine non è andata male, perché è vero che sono salito di un piano, ma subito lì a pochi metri c'era un'altra rampa di scale che scendeva di tipo quattro piani. Cazzo, benone. Ho perso il conto, ma sarò già al buh, tredicesimo piano, forse dodicesimo? Dai che sono quasi a metà strada. Qui il corridoio è diverso, per terra ci sono i palchet (o come cazzo si scrive, dai, il pavimento di legno insomma) e il colore delle pareti è un'elegante rosa antico. Anche i quadri alle pareti sono più raffinati, dipinti antichi con cornici preziose. Se avessi la valigia potrei pensare di ciularne un paio, ma così tenendoli in mano sarebbe decisamente troppo sgamo.

"Stanze e piani tutti uguali, senza gerarchia", diceva quel mona postmoderno. Si vede che non ha mai mosso il culo per esplorare i dintorni. Altro che senza gerarchia, qui c'è la prima classe e io ho la stanza nella seconda, o forse anche nella terza. Che poi l'avrò scelto io eh, se c'è da scegliere fra una stanza di lusso per 50 euri e una scrausa per 40, ovvio che scelgo la seconda. Non è per taccagneria, è proprio per principio. Però ciò non toglie che mi fanno incazzare sti signorotti che scelgono il lusso. Tipo che sali sul treno e sei lì che passi vagone dopo vagone perché è tutto pieno, e poi ti tocca attraversare la prima classe sperando che oltre ci siano altri vagoni di seconda con posti liberi. E cazzo, la prima classe è praticamente vuota, c'è solo qua e là qualche stronzo vestito rigorosamente in giacca e cravatta, che lavora su quella merda di computer portatile che si portano sempre appresso. Loro, oppure una vecchia signora dell'alta nobiltà del mio gran cazzo. E certe volte i poliziotti, che ovviamente sono lì a scrocco, perché viaggiano "per servizio" (eh certo). E tiri giù bestemmie perché pensi, di là non si riesce a stare neanche in piedi e questi signorotti invece non solo stanno comodi, ma il vagone è pure mezzo vuoto. E sì, loro pagano il biglietto più caro, che so, dieci euro invece di cinque, però se fai due conti non è che per le ferrovie è sto grosso guadagno, voglio dire, in tutto il vagone saranno sì e no quattro persone, mettiamo tre cavando il poliziotto che non paga, e non penso che con l'incasso di quindici euro ti ripaghi il costo del vagone. Per farla breve, il lusso di questi quattro stronzi lo pagano i poveretti fraccagnati nei vagoni di seconda classe. Ecco, questa è una metafora della nostra società, altro che postmoderno.

Nel frattempo che brontolavo ho trovato altre scale. Scendo di un altro piano, altro corridoio, altre scale, insomma, non siete stufi di sentirvelo dire? Ecco diciamo che ho camminato un sacco e che sono sceso di altri tre piani, tutti di lusso con il pavimento in legno ecc ecc. E poi di nuovo su di un piano, e giù di altri due. Ottavo piano (o nono, a voler esser ottimisti settimo. Sono stato un po' stronzo a non contarli, lo ammetto). La meta è vicina, dai. Scendo ancora, il panorama cambia nuovamente. Pavimento in marmo, pareti bianche, soffitto di roccia. Roccia proprio, pietra grezza, sembra quasi il tetto di una caverna. L'aria è fredda e umida. A sinistra altre scale, scendo ancora di un piano. Qui il corridoio è simile, ma dal soffitto pendono delle piccole stalattiti. Il soffitto gocciola, proprio come in grotta. Per terra ci sono pozze d'acqua, c'è persino il cartello "attenzione pavimento bagnato" con l'omino che scivola (e che secondo me tira pure un sacco di bestemmie).

Scendo ancora di un piano, stessa storia, solo che le stalattiti sono ancora più grandi. Cazzo, mi sa che sto andando sottoterra. Ma ormai vado fino in fondo. Qui è anche più buio. Ci sono le solite plafoniere sul soffitto, ma fanno sempre meno luce. Per terra poi il marmo è tutto scheggiato, a tratti è proprio rotto. Che coglioni.

Trovo altre scale. Oddio, "scale" è un parolone, dato che i gradini sono tutti rotti. Sembra più una galleria in discesa, piena di macerie. Questo dovrebbe il quarto piano credo, non so, contate voi. In teoria non manca molto, ma non mi pare di essere sulla buona strada. Il corridoio, anzi, più che un corridoio è un tunnel, è praticamente buio. Le plafoniere non illuminano una sega, servono più che altro a indicare la direzione, ma per terra non si vede un cazzo, e il terreno è tutto accidentato. Tocca procedere piano, tastando il terreno coi piedi. Avanzo piano, un passo, un altro, TOC, una testata su una di ste stalattiti di merda. Sgrano un rosario di porconi. Poi mi riprendo, mi massaggio la testa, ma prima di ripartire ancora po' di bestemmie, che non si sa mai. Là in fondo c'è una luce, dai. Viene dal basso, come se fosse una rampa di scale che scende a un piano più illuminato. Arranco speranzoso. Pian piano arrivo, finalmente scendo, qui i gradini sono ancora interi. Luce. Gli occhi ci mettono alcuni secondi ad abituarsi.

È di nuovo uno di quei corridoi scadenti, simile a quelli del mio piano. Sono tornato nella seconda classe, si vede.

Pareti tinteggiate di arancione. C'è un bar. Giusto bene, che ho sete e devo far pipì. Entro e, guarda! C'è la Patrizia.

«Patty, ma fai il turno anche qui?». Mi guarda male. «Scusa, ma a che piano siamo?».

«Ventesimo».

Per tv danno "Pomeriggio cinque" con Barbara D'Urso.

«Fammi una birra grande, grazie».

16.

Come avrete notato mi sforzo di non scrivere bestemmie, altrimenti sto racconto avrebbe almeno dieci pagine in più.

Che poi a pensarci bene è assurdo sto tabù del nome di Dio invano che tutt'ora vige nella società italiana. Apri la tv e vedi omicidi, culi e tette di fuori, il concorrente del reality show che si scopa una tizia in diretta mentre la moglie lo guarda in studio e la conduttrice le chiede "Come ci si sente con le corna?"... poi a uno scappa un porco davanti alle telecamere, e scatta la gogna, neanche avesse sgozzato un cucciolo. Ma non quella finta condanna che in realtà è una fascinazione morbosa, tipo nei casi di cronaca nera. No, qui è un ostracismo a tutti gli effetti, il colpevole bestemmiatore viene proprio rimosso dalle scene. Poi boh, nella vita vera entri in un'osteria e senti porconi a manetta, tipo usati come intercalare, e nessuno neanche si gira.

Insomma, evito di scrivere bestemmie, che non si sa mai che un giorno finisco ospite di Pomeriggio Cinque e Barbara D'Urso mi accusa "Uè ma quanti porconi che tiri". Evito di scrivere bestemmie, ma come avrete immaginato qui è uno di quei punti in cui i santi piovevano dal cielo. Tutto il giorno che cammino, per poi capitare di nuovo qui. Com'è possibile sta storia? Ma soprattutto, quanto mi fa incazzare?

Sapete che vi dico? «Patty, fammi un toast. E un americano».

«Cos'è l'americano?».

Cazzo. A me piace l'americano, non è che lo bevo sempre, ma ogni tanto me lo concedo come aperitivo. Ma non mi ricordo mai come cazzo lo fanno. È il barista che deve saperlo, mica io. Campari, martini e un terzo ingrediente che non mi ricordo mai. Tipo i sette nani dei cocktail, te ne dimentichi sempre uno. A me piace berlo, non devo per forza sapere come si fa. Neanche il (lo? buh) Jägermaister so che ingredienti ha, non lo sa nessuno, eppure tutti lo bevono, senza che il barista li interroghi. Si è mai sentito? "Un bicchiere di Jäger" - "solo se mi elenca con precisione i componenti con le rispettive percentuali".

E non parliamo neppure delle volte che ho ordinato un americano e mi hanno servito una specie di caffè diluito.

Ostento sicurezza: «È un cocktail con campari, martini e gingerino».

Patrizia sbuffa e inizia ad armeggiare. Mi schiaffa davanti un bicchiere rossastro, senza la scorzetta d'arancia e neanche ghiaccioli. Fa cagare, ma lo bevo lo stesso.

17.

Alle sei esco dal bar, e decido di tornare in stanza. Doccetta e cambio vestiti, che ne ho ancora un paio puliti di quelli che mi ha fornito l'hotel. E poi stravaccato sul letto per un'oretta, a fissare il soffitto. Che giornata di merda.

Alla fine rotolo giù dal materasso e striscio (in senso metaforico, tipo "cammino stanco e demotivato", ci vuole ben altro che un americano fatto male per farmi barcollare) verso la sala mensa.

«Buonasera, io non avrei compilato il foglio, lì, il modulo...». Non c'è la cameriera di ieri, questa è giovane e bionda ma ha uno sguardo severo, pare quasi che mi odi per questa cosa del modulo. Rimane in silenzio per un attimo, tipo per farmela pesare, ma alla fine cede. Milanese con le patatine, e vaffanculo ai sensi di colpa salutisti (vaffanculo anche a te, risponde una vocina dal fondo della testa). E birra, ma serve dirlo? Col fritto mica puoi bere la coca cola.

Mi siedo vicino a una donna, «Buona sera, sono Manuela».

«Ciao Manuela, cos'è veramente l'hotel secondo te?».

Tiè, fregata. Neanche ti ho detto il mio nome, non hai neanche avuto il tempo di farti descrivere, perché sto giro volevo domandarlo io per primo. Così, tanto per passare al contrattacco.

Manuela è una MILF. Cinquant'anni portati bene, capelli biondi scuri raccolti in un cignon (cioè in un nodo, essenzialmente, non è che io ci capisca molto di acconciature), occhiali da segretaria dei film porno, rossetto che in confronto il semaforo sembra pallido, camicetta di una taglia più stretta per mettere in risalto le tette, e minigonna nera. Calze a rete e tacchi a spillo, che ve lo dico a fare. Non è il mio genere di donna, eh, però chissà, dopo un paio di vodke si potrebbe anche... ma sono sposato, eh, ste cose non le faccio (Vedi sopra, che se poi mia moglie legge ste cose si incazza. Dai, mi sono comportato bene persino nell'hotel infinto, non puoi proprio lamentarti).

La Manuelona rimane un po' stupita dalla mia domanda a bruciapelo, ma poi prende fiato e inizia. D'altronde è lì che voleva arrivare, ho solo tagliato i preamboli.

«Non siamo in un hotel. È una casa di riposo, o qualcosa di simile. L'ho visto, per mia mamma è stata la stessa cosa. Negli ultimi anni era completamente persa. Credeva di essere in albergo. Era convinta che gli altri anziani fossero ospiti dell'albergo, come lei. Gli infermieri invece li chiamava camerieri».

Fa una pausa, guardandomi negli occhi, poi continua: «Queste cose sono ereditarie. È tremendo. Posso davvero fidarmi di quello che vedo, di quello che sento? Io sono ancora giovane», e si passa la mano sul seno, che la camicetta mostra generosamente (ah, birichina di una Manuelona!) «ma lo sono veramente? E se credessi soltanto di essere ancora giovane, e invece ho novant'anni? È un incubo». Altra pausa, e poi per cambiare discorso: «Ma tu invece come ti chiami?».

«Manuel».

«Ah, che coincidenza!».

«Eh sì!».

«E secondo te cos'è l'hotel?».

«Hai presente quelle storie assurde, che alla fine ti dicono "è solo un sogno?" Secondo me l'hotel è qualcosa di simile, solo che non è "solo un sogno". Non è mai "solo un sogno"». Questa l'ho riciclata dai fumetti di Sandman, era scritta sulla quarta di copertina. Per fortuna la Manuela non è appassionata di fumetti. «Forse per risvegliarci dobbiamo raggiungere l'uscita, altrimenti rimarremo sempre prigionieri delle nostre illusioni».

«Affascinante», fa lei, leccandosi le labbra. Qui la storia si fa pericolosa, e siccome ho finito di mangiare accampo una scusa per tornare in stanza prima di finire fra le grinfie di questa panterona.

Pausa in stanza, poi scendo in bar. Che poi non è che ho altre cose da fare, anche se volessi.

Insomma ero lì, quasi arrivato al bar, quando: «Uèi Toni!».

Mi volto di scatto. Non troppo scatto, anche verso sera non è che ho tutti sti riflessi. Però mi volto, e mentre lo faccio mi faccio i complimenti da solo, perché quando racconti balle in giro ci vuole anche la memoria per ricordarsi tutti i nomi falsi che hai usato, sennò è sgamo immediato.

«Ciao, Fabio!». Che di solito non mi ricordo i nomi, e tanto meno i volti. Anzi, di solito mi ricordo le persone in base a come sono vestite. Tipo, "Ti presento Sonia", e il mio cervello registra, ok, sta tizia ha una maglia blu, e così dopo se la rivedo penso "Ah maglia blu, la tizia, lì, come si chiamava" e almeno così la riconosco. Funziona bene, ma se poi si cambiano vestiti sono fregato. Comunque si vede che sto Fabio mi ha particolarmente colpito (negativamente) perché non solo mi ricordavo "Ah sì, la tuta sbrisa dell'adidas, il tizio lì, come si chiamava", ma mi è venuto in mente persino "Fabio". Mi faccio di nuovo i complimenti da solo, me lo merito proprio.

«Stai andando in bar anche tu?».

No cazzo, faccio giogghing qua in questo ameno corridoio, ma che domande del cazzo.

«Sì. Vieni anche tu?».

«Ottima idea».

"Ottima idea", come se lui fosse qui che passava per caso, ma poi siccome mi ha incontrato così, casualmente, allora perché no, vengo anch'io. Questo non me la conta giusta.

18.

La sera in bar non c'è la Patty, ma Maurizio. Maurizio ha i baffi a manubrio. Già lo odio. Giovane ma calvo, che ok, non è colpa sua, non è certo questo il punto, ma ha quei baffi coglioni, non credo serve dire altro. Ha pure cambiato canale, ora c'è un film su Italia 1.

«Ah, Perfetti sconosciuti», fa Fabio, «lo vidi al cinema qualche anno fa».

I passati remoti, ora ricordo perché Fabio mi sta sui coglioni. Uno dei motivi, perlomeno.

«Maurizio, lo sai fare l'americano?».

«Tu vuo fa' l'americano», canticchia Fabio credendo di essere simpatico. Maurizio invece risponde di sì con un grugnito, e dopo un po' mi serve un bel bicchiere, sto giro è del colore giusto e ci sono persino i ghiaccioli e la scorzetta d'arancia. Devo ammetterlo, Maurizio, ti ho giudicato male, però o ti tagli i baffi o ti lasci crescere la barba, così invece proprio no. Per il resto tutto ok, taciturno e bravo a fare i cocktail, il barista perfetto. Certo, la Patrizia ti batte comunque, anche se fa un americano schifoso, ma lei ha le tettone, non vale. Dovrebbero lavorare in tandem, Maurizio dietro la porta che prepara i cocktail e la Patty che te li appoggia sul bancone mostrandoti il davanzale.

Mentre pensavo a queste cose importanti, Fabio si è sentito in dovere di raccontarmi la trama di Perfetti sconosciuti, che a suo dire è un film "brillante, ma che fa anche un sacco pensare". Non ho neppure avuto voglia di dirgli che a me il cinema italiano degli ultimi decenni fa proprio cagare. Non per snobismo, che poi io guardo i film più beceri, tipo che il mio attore preferito è Vin Diesel. Sì, non ho nessun problema a dirlo, a me piacciono i film stupidi, dev'esserci dentro almeno uno (meglio se due o più) fra questi ingredienti: alieni, magia, poteri speciali, inseguimenti, sparatorie, kung-fu. Il cinema italiano di adesso invece è una palla, con quelle situazioni al tempo stesso drammatiche e banali. Le sue trame iniziano sempre con "C'è una famiglia in crisi, la madre scappa con un immigrato mentre il padre rimane a gestire la figlia che si droga e l'altro figlio è disabile" e che coglioni. (Ammettetelo, sarebbe TANTO più figo se "C'è una famiglia in crisi, la madre scappa con un alieno sanguinario mentre il padre rimane a gestire la figlia che ha la telecinesi e l'altro figlio che si iscrive a un torneo di arti marziali". Ovviamente in finale di torneo si scontra con l'alieno, e vince grazie all'aiuto della sorella.)

Poi la ciliegina sulla torta è la recitazione, con quel modo di parlare caricaturale che hanno gli attori italiani. Sembra un attore di teatro che fa la parodia di un attore di teatro. Il fastidio aumenta perché poi la gente vede ste sceneggiate per tv e dopo le copia senza neanche accorgersi, assume lo stesso modo di parlare, perché scimmia vede e scimmia fa, e magari li incrocio per strada e li sento e mi girano i coglioni.

Cazzo ma poi avete mai visto un film in lingua originale e uno doppiato? Non c'è storia, poco da fare. E poi dicono pure che "noi in Italia abbiamo i migliori doppiatori del mondo" e boh grazie, a doppiare i film siamo noi e la Polonia tipo, non è che ci sia tanta competizione. I migliori doppiatori del mondo, forse, ma facciamo lo stesso cagare.

Intanto che Fabio parla io rispondo buttando qua e là i miei fidati "certo", "ah", "proprio così".

«Maurizio mi fai un (uno? boh) Jäger? Grazie. E tu Fabio?».

«Un tè alla pesca, freddo».

Uau Fabio, che trasgressivone. Cazzo, mancava solo che lo ordinavi deteinato, voglio dire.

«Senti, Toni...».

Chi? Ah, io. Inizio a perder colpi, ma fa niente. «Dimmi».

«Tu hai intenzione di...» e fa un gesto losco con la testa, come dire "andiamo di là". E io stavo già rispondendo "Non ho nessun pregiudizio ma personalmente sono eterosessuale", ma in quella Maurizio va a prendere qualcosa nella stanzina dietro il bar, e ci lascia soli.

«Tu cerchi l'uscita dall'hotel, vero?».

Aaaaah. «Sì. Ovvio».

«Non è così ovvio. C'è un sacco di gente che non è d'accordo. Non soltanto fra il personale dell'hotel. Non vogliono che la gente esca, anzi, non vogliono neppure che cerchino l'uscita. Ma...». Maurizio torna dietro il bancone e Fabio tronca la frase a metà, restando in silenzio, il che è tipo il modo migliore per destare sospetti.

Ordino un altro Jäger per rompere la tensione. E perché quello prima era già finito. Dico due cazzate a Fabio, e lui subito si rimette in moto e inizia a ciarlare senza prendere fiato. Proprio una piattola.

Dopo una ventina di minuti e altri due Jäger, Maurizio esce di nuovo (secondo me va a fumare nel retrobottega). E Fabio, losco come la merda, mi sussurra all'orecchio: «Non sei solo. Domani abbiamo una riunione, al piano diciotto, corridoio S. Alle ore 11.00, ricordatelo».

«E come ci si arriva?».

«Da qui devi scendere di nuovo al piano a basso, poi bla bla bla bla», oh già normalmente non mi ricordo troppo le direzioni, tipo che sono in una città e chiedo a un passante "Mi scusi come raggiungo via verdi", e lui risponde "Passi oltre il cavalcavia, poi al secondo semaforo giri a destra, sempre dritto fino al bivio, quella a destra è via Verdi", io so già che oltrepassato il cavalcavia fermerò un altro passante e gli chiederò di nuovo di sta benedetta via Verdi, e avanti così fin che sono arrivato. Un pezzo alla volta, di più non memorizzo. Poi aggiungete il bis di americano e tutti i (o gli, che cazzo ne so) Jägerini, insomma mi dimenticavo in tempo reale le indicazioni che Fabio mi dava.

«Facciamo che ci troviamo qui attorno alle dieci e poi ci si va assieme, dai».

19.

Fabio mi saluta, per lui è ora di andare a dormire. Per me invece è ora di un altro Jäger. Mi direte "Oh ma sei monotono", ma io credo che quando si inizia con un tipo di liquore si debba continuare per tutta la sera con quello, altrimenti fai mix strani e poi il giorno dopo te ne penti. O anche la sera stessa. "Sì però hai preso anche l'americano", risponderete, e oh, siete pignoloni eh?

«Maurizio, ma che ora è?».

Maurizio guarda il cellulare e mi fa «Ventidue e quaranta». Cazzo, pensavo più tardi.

Aspetta. «Ma Maurizio senti, non è che mi fai fare una chiamata a casa?». Tentar non nuoce.

Maurizio sbuffa scocciato, ma mi passa il cellulare. Dai? Grande! Telefono a mia moglie Giada (nome falso, che ve lo dico a fare). Suona libero per una decina di secondi, poi risponde.

«Ciao...», chiede chi è, «sono io... chiamo con un cellulare che mi hanno prestato», insulti, «aspetta», altri insulti, «hai ragione, so...», insulti, però con la voce rotta dal pianto, «dai non fare così». Mi chiede dove cazzo sono, e lei non è come me, quando usa la parola "cazzo" vuol dire che è incazzata nera. «Non lo so», ma mi accorgo troppo tardi che è la risposta sbagliata. La lingua annodata dai Jäger non aiuta, mi rendo conto di non essere convincente. «Senti ascoltami, sono tipo in un hotel enorme», lei si sincera sulle mie compagnie, «No, nessuna troia, dai, sai che amo solo te», insulti, ricatti, «Ascolta... ascolta... Il fatto è che non trovo l'uscita. Cioè è un hotel senza inizio né fine, ci sono piani infiniti e...», risponde con una bestemmia, e se lei usa parolacce solo ogni tanto, le bestemmie le tiene proprio per le grandi occasioni. Mi chiede se sono ubriaco, «No non sono ubriaco», cioè forse adesso un po', ma adesso tipo, in genere no. Un vaffanculo chiude la telefonata. Beh, non è andata come mi aspettavo, ma a pensarci bene non so cosa mi aspettavo.

Passo il cellulare a Maurizio, che lo riprende senza commentare, se non un'alzatina di spalle. Gli scroccherei il caricabatterie, ma lui ha un samsung e io un vecchio uauei, che devo dire come telefono funziona anche bene, l'unico fastidio è che ha un attacco del cazzo, il mini usb vecchio, mentre tutti gli altri cellulari ormai hanno l'usb-c, che cazzo voglio dire, finalmente c'eravamo tutti messi d'accordo su uno standard, e poi qualcuno decide di cambiare. Che già faccio fatica a comprare un caricabatterie giusto nei negozi di telefonia, figuriamoci qui dentro. Poi c'è da dire che questa delle prese diverse è la dimostrazione che non ci sarà mai la pace nel mondo, voglio dire, vedi le prese elettriche, vai in Germania e hanno quella cagata della presa schuko, in Inghilterra un'altra ancora e magari un voltaggio diverso, e cazzo non riusciamo a metterci d'accordo con una presa che sia unica per tutti, senza romperci i coglioni con adattatori e stronzate? E sarebbe anche una cosa facile, ma no. Figuriamoci se troveremo mai un accordo per le cose più serie.

Insomma, «Maurizio, fammi l'ultimo Jäger dai, poi vado a dormire anch'io».

TERZO GIORNO

TERZO GIORNO

20.

Allungo il braccio, dove di solito dorme mia moglie. La mano cade nel vuoto. Letto singolo. Ah sì, vero. Quella cosa assurda dell'hotel. La profezia del Vecchio Porco. Sbadiglio bestemmiando. Ogni mattina sta storia, che dormendo mi dimentico dei casini in cui mi sono infilato, e il risveglio che già è un paio di balle di suo diventa ancora più amaro. E in più la testa pulsa e gira. Jägermeister traditore, è sempre così. La sera lo bevi e pare che sia succo di frutta, ma il giorno dopo patisci come un cane. Poi lo perdoni e torni da lui, come quelle storie d'amore con l'amante violento, da cui non riesci mai a uscire del tutto.

Mentre faccio la doccia (sì, la faccio spesso, non perché sono fissato con la pulizia, ma perché mi rilassa. Quando sono stanco o giù di morale faccio una bella doccia calda, anche in estate, e mi pare che l'acqua lavi via tutte le preoccupazioni. Come facevano una volta, senza doccia? Mah! Poi tanti dicono "si stava meglio senza tanta tecnologia", ma un paio di cazzi, non toccatemi la doccia calda.) Cosa stavo dicendo? Ah sì, mi stavo docciando e mi è venuta in mente sta storia della riunione mattutina a cui mi ha invitato sto sfigato di

Fabio. Mica c'ho un cazzo di voglia di andarci, fosse per me farei colazione e poi tornerei a letto almeno fino a mezzogiorno. Poi pranzo, e valutare se continuare con un pisolino o cosa.

Non avrei problemi a dar buca a Fabio e ai suoi amichetti, ma magari mi possono essere utili per la fuga. Non ci conto troppo, ovvio, ma mi sembra più utile che girare senza meta come ieri.

Vi risparmio la descrizione della colazione, tanto che ve ne frega se ho mangiato una brioche o un iogurt? Vi racconto solo che al mio tavolo c'era una tizia sessantenne, convinta che l'hotel in realtà fosse una versione moderna dell'arca di Noè, un enorme rifugio antiatomico sotterraneo, situato a chilometri di profondità. Visto che si tratta di una nuova arca di Noè per l'umanità, mi chiedo se la signora abbia considerato la questione delle coppie per ripopolare il mondo una volta che il diluvio atomico sarà passato. Vabbè dai. La signora ha l'orologio, mi fa sapere che sono già le dieci e un quarto. Effettivamente la cameriera ci guarda male perché siamo gli ultimi in sala, ma né io né la signora abbiamo intenzione di levare le tende tanto presto.

Vado direttamente in bar, senza passare per la stanza, che a quest'ora fanno le pulizie. C'è di nuovo la Patty.

«Fammi un macchiato, grazie».

Senza doppio caffè, la mattina non parte.

Per tv c'è di nuovo Mattino Cinque. Due stronzi che parlano, servizi di merda, qualche ospite che spara cazzate e un pubblico di coglioni che applaude. Per fortuna dopo un po' arriva quel pirla di un Fabio. Fastidioso, ma almeno è un diversivo.

«Bevi qualcosa?», provo a tentarlo, ma lui: «No, grazie, sono a posto». Ma lo fa apposta per darmi fastidio?

Il Fabio mi porta a colpo sicuro alla sala della riunione. Naviga questi corridoi di merda come se fossero le stanze di casa sua. Da quanto tempo sarà qui in hotel, per essere così abituato?

Fabio bussa tre volte alla porta, poi pausa, due colpi, pausa, un colpo. Uau, proprio come nei film.

Stanza col soffitto basso, tavolo rotondo, attorno undici stronzi che ci fissano. Riconosco solo uno di loro, il tizio con gli occhi di ghiaccio, quello che non sapeva dirmi dov'era il bar. Giovanni di Mantova, o qualcosa del genere.

«Ciao a tutti», inizia Fabio, «questo è il nostro nuovo membro. Potete fidarvi, garantisco io».

Merda, ora mi sgamano che ho usato nomi falsi. Come mi ero presentato a lui? Cazzo, cervello, pensa, veloce!

«Buongiorno a tutti. Mi chiamo Manuel-Antonio, ma potete chiamarmi Toni». Fiu. È un po' un'arrampicata sugli specchi, ma meglio di niente.

Si presentano, ma io dimentico i nomi man mano che me li dicono. E che cazzo, non sono mica un computer. C'è un tizio alto coi pochi capelli gialli (non biondi, proprio gialli). Uno col nasone. Una tizia coi capelli neri neri, lisci. Uno che ha la faccia talmente generica che non saprei come descriverla se non "normale". Una bella gnocca, bionda sui trent'anni. Il tizio, lì, Giovanni mantovano. Un'altra gnocca, meno bella ma più giovane, forse venticinque anni. Un tizio poco raccomandabile, rasato a zero, sulla testa proprio sopra l'orecchio destro ha un tatuaggio con l'aquila e la scritta "Lazio". Un anziano coi baffi bianchi, gli occhiali, e il cappello alla pescatora, verde scuro (giuro! Ma da dove sei uscito oh, da un fumetto ambientato in un ospizio?) e dulcis in fundo la cameriera riccia, quella che lavora nella sala mensa del mio piano.

Che accozzaglia.

21.

«Toni», esclama il Fabio dopo il giro di presentazioni, «guarda!».

Mi fa un sacco ridere che tutta sta gente mi chiami Toni. Ho sempre voluto un soprannome così, forse solo Bepi lo batte. A ripensarci potevo scegliere di presentarmi a Fabio come Bepi, ma chi immaginava di incontralo di nuovo? Comunque anche Toni è bellissimo, dai.

«Questa è la mappa dell'hotel infinito, che abbiamo tracciato dopo anni di faticose esplorazioni».

Un enorme scarabocchio su un lenzuolo. Rettangoli che penso rappresentino i corridoi, frecce che evidentemente sono le scale, punti di domanda, cerchi. Un casino, altro che mappa.

«Un lavoro di fino, complimenti».

«Come vedi, l'hotel non è infinito. Cosa c'è scritto sul portachiavi della stanza?».

«La sigla, HF, intendi?».

«Esatto. Secondo noi sta per Hotel Finito, nel senso proprio che non è infinito». Se voleva essere un gioco di parole è a dir poco agghiacciante. Eppure sia Fabio che gli altri sembrano convintissimi che sta trovata sia una grande figata. Cazzo, sono finito in un circolo di disadattati.

«Cos'è al tempo stesso finito e infinito?», esclama tronfio il Fabio. Si vede che se l'è studiata, la parte. Forse lo ripete ogni volta che arriva un nuovo membro?

«Il mare». Gli tiro una risposta del cazzo, giusto per non dargli soddisfazione.

Fabio fa un sorrisino da democristiano, e continua: «Il cerchio. È una forma chiusa, e quindi finita, ma la sua circonferenza non ha nè inizio nè fine, e quindi in questo senso è infinito. E come ti sarai accorto, caro Toni, il cosiddetto hotel ha proprio la forma di un cerchio, o per meglio dire di una sfera quadrimensionale».

«Mh-m». Annuisco, sperando non inizi con la solita spiegazione di cos'è un solido a quattro dimensioni. La so già, la dicono tutti, l'avrete sentita anche voi mille volte. Tipo la sfera che attraversa il piano, e dal punto di vista della superficie sembra un cerchio che compare dal nulla, si ingrandisce e poi ritorna a restringersi fino a sparire. Una cosa così, solo che la sfera quadrimensionale nel nostro spazio tridimensionale appare come una sfera tridimensionale che appare diventa grande ecc ecc. Boh insomma se vi interessa cercatevela su google che fate prima.

«Ma tu hai incontrato mio figlio Luca, vero?», fa il tipo laziale interrompendo lo spiegone di Fabio. Che tamarro. Polo celeste con le maniche tagliate e il colletto tirato su, voce arrogante, palestratissimo (ma c'è una palestra nell'hotel? O si allena in stanza, tipo carcerato?)

«Sì certo,» quello stronzetto de «il piccolo Luca».

«Mi ha parlato bene di te». Meno male che non capisce un cazzo allora, mancava solo che sto tanghero mi prendesse in antipatia. Il tizio però si gira fingendo (molto male) nonchalance, e così vedo un altro tatuaggio, scritto in grandi lettere su tutto il braccio destro: CORRIDOIO L (con quel carattere stronzo che usano gli ultras negli striscioni, per capirsi).

Corridoio L. Quelli che hanno dato fuoco alla gente del corridoio U, stando a quello che dice il marmocchio Luca. Ma io mica mi fido, dei bambini. Probabilmente il papà gli racconta stronzate per farsi figo, e lui ci crede come un pirla. Forse il papà lo fa apposta, così il figlio sparge ste voci create ad arte per intimidire la gente. È sempre così con sti personaggi, ringhiano e fanno gli aggressivoni per nascondere che dietro la maschera c'è solo fuffa. Però boh, dato che è comunque bello grosso meglio non pestargli i piedi, non si sa mai, magari becco il caso raro che dietro la maschera aggressiva c'è davvero un bastardo che mi gonfia di botte.

«Sì, è proprio un bravo ragazzo».

22.

Fabio continua. Evidentemente è lui il capetto di sta banda di sfigati.

«Toni, tu sei di stanza proprio nel corridoio N del piano 21, giusto?».

A sentirlo la gente fa una faccia stupita, e mi guarda come se avessi vinto la lotteria. «Il corridoio N», commenta sapidamente il vecchio con il cappello, neanche fosse l'eldorado.

«Vedi il tuo corridoio nella mappa, Toni?».

Evidentemente Fabio è uno di quelli che ogni santa volta che si rivolgono a te, si sentono in dovere di ripetere il tuo nome. Cosa vuoi dimostrare? Che sai il mio nome? Che siamo amichetti? Dai, che cazzo. E poi che coraggio a chiamarla mappa.

«Sì, vedo». Un rettangolo tutto storto, con una freccia nera sulla sinistra, che sbatte contro una grossa x marcata con il pennarello rosso.

«Dopo anni di esplorazione, siamo giunti a ritenere che il cosiddetto piano 21 sia in realtà il piano terra. L'hotel, o quel che è, in realtà è per la maggior parte sottoterra. Ci sono trentatré piani, di cui dodici in superficie e ventuno sotterranei. Se scendi sotto il piano cinque, ritorni al piano 21».

Fabio mi osserva, poi continua: «Nessuno è mai stato nei piani dal 4 all'uno. Non abbiamo idea di cosa ci sia, forse ci sono gli alloggi del personale, o forse i macchinari per realizzare la curvatura spaziale. Comunque ipotizziamo che ci siano, sarebbe assurdo che i piani terminassero così, col numero 5».

Invece la curvatura spaziale è meno assurda? Ok.

Fabio continua imperterrito. «Se scendi dal piano 5 arrivi al piano 21. Ma se torni a salire dal piano 21 non torni al 5, finisci invece nel 22. Da lì c'è un'altra serie di piani che sale fino al 32. Se sali oltre il 32, torni al piano 21».

Che casino, sembra il gioco dell'oca.

Sempre Fabio (evidentemente gli piace sentirsi parlare): «A differenza dei piani bassi, qui ovviamente il discorso è diverso, non sappiamo se ci siano altri piani oltre il 33. Ma non è questo il punto. Che si salga o che si scenda, il fatto è che entrambe le direzioni curvano al piano 21. È come se questo fosse l'epicentro della curvatura, o se vogliamo l'inizio e la fine del cerchio».

«La via d'uscita», dico tanto per interrompere sto monologone.

«Sai che cos'è questa x rossa, Toni?».

Il custode. Mi scoccia un po' fargli sapere che lo so, ma mi pare di annusare che lui sa già che lo so, e allora tanto vale fare il finto tonto e giocare la parte che si aspetta da me.

«Sì, l'ho incontrato. È il custode».

«Proprio così. O almeno, magari fosse solo lui. È un passaggio altamente sorvegliato, ci sono sempre almeno quattro guardiani. E se anche si riuscisse ad avere la meglio, c'è sempre lo spettro del maître che incombe come una pantera in agguato».

Uè che poetico il Fabio. Ma te le scrivi di notte, ste frasi pompose?

«E quindi?».

«Se ci pensi, tutta questa sicurezza è un'ammissione di debolezza. Se c'è una sorveglianza pesante, significa che quello è il punto vulnerabile dell'intero sistema. O per meglio dire, l'uscita».

Pausa drammatica (ma che cazzo siete qui dentro, tutti attori di teatro?) e poi: «Uno scoglio impossibile da superare. Almeno fino a ieri. Da oggi abbiamo un nuovo asso nella manica», e fa un cenno con la mano al papà di Luca. Al che il tamarro palestrato pensa bene di tirare fuori da un sacco due pistole, che appoggia sul tavolo con un sorrisetto soddisfatto.

Anche Fabio gongola: «Maurizio», ah vero, si chiama Maurizio anche lui. Per non confonderlo col barista d'ora in poi li chiamerò "Maurizio barista" e "Maurizio criminale". Dicevo, Fabio Gongola: «Maurizio ci ha procurato sette pistole Beretta 92, e un fucile d'assalto AR-15. Con questi anche il maître non sarà un problema».

Oh ma siete fuori? Sta testa di cazzo parla di sparare alla gente, e nessuno batte ciglio. Persino il nonno col cappello annuisce con fare soddisfatto. E poi "procurato" cosa cazzo vuol dire? Ma procurate da dove? Ovviamente tengo per me questo dubbio, direi proprio che non è il caso di fare domande.

Fabio annuncia che domani è il gran giorno, dà a ognuno di noi un compito e ci congeda, ovviamente facendoci giurare assoluta segretezza (fingo di giurare senza problemi, non me ne sbatte molto di questo assurdo tabù di spergiurare che boh praticamente tutti sembrano avere).

Dai ciao a tutti, è già l'una e ho una fame boia.

Corro veloce in mensa, che dopo le 13.30 chiudono.

23.

Pasta col pomodoro e tegoline. Vitamine per contrastare l'infido Jäger. Il mio commensale è un tale Gianfranco Derosas, muratore veneto da poco in pensione. Abbronzato, braccia grosse, panza anche, stempiato. Si sente in dovere di dirmi che secondo lui l'hotel in realtà è il set di un gigantesco reality show, di cui noi siamo gli inconsapevoli protagonisti. Caro Gianfranco, a) l'hai copiata dal film di Truman Show, e b) ad ogni modo sarebbe una trasmissione noiosissima. Ma il punto b) non regge perché voglio dire, quante edizioni del Grande Fratello hanno fatto? E sì che anche lì non succede mai un cazzo, proprio da stracciarsi le balle, eppure la gente evidentemente lo segue ancora, mah.

«E secondo te?».

«Secondo me l'hotel è un gigantesco mattatoio» e non aggiungo altro. Pensaci, Gianfranco.

Il pomeriggio, secondo i piani di Fabio, dovrei tornare in fondo al corridoio lunghissimo, quello a sinistra uscendo dalla mia stanza. «Vedi se ci sono segnali strani, se qualcosa è fuori posto, anche il minimo dettaglio può essere importante. Tu sei la persona migliore per farlo, darai meno nell'occhio perché hai la stanza proprio lì vicino».

Ma sapete che invece farò proprio un bel pisolino pomeridiano? Oh. E che cazzo.

Mi stravacco, chiudo gli occhi un secondo, dormo per ore. Risveglio, sudore, rincoglionimento generale. Doccia. Decido di andare in bar a guardare la tv. La mia routine giornaliera in sto hotel non è decisamente salubre, se non esco in fretta qua finisce che metto su una ventina di chili.

Esco, giro a destra, scendo le scale, incontro il Roberto Messina. Quella testa di cazzo.

«Buongiorno, Fabrizio», e calca la parola Fabrizio con una voce come dire "guarda che so che non è il tuo vero nome". Ficcanaso dimmerda. E come se non bastasse, con fare mafioso, aggiunge: «Si tenga di conto, mi raccomando», e mentre lo dice picchietta a terra con un bastone. Cazzo, è lo stesso bastone che aveva in mano quel pampalugo del custode.

«Grazie, anche a te».

Arrivo in bar. «Patty, birra grande». Sto giro la tv è sintonizzata su Rai Uno. La vita in diretta. «Patty, ma non hai dei salatini, o una ciotola di patatine, che ne so...».

Non risponde, ma prende da un sacchetto da sotto il bancone e mette una manciata di patatine in una ciotola.

«Grazie». Le patatine sono fiappe, da quanti giorni è aperto il sacchetto, ou? Ma grazie lo stesso.

Alla terza birra si palesa il Fabio. Fabio, hai rotto i coglioni!

Ordina il suo cazzo di tè alla pesca, poi mi chiede com'è andata, senza specificare cosa. Rispondo «Bene» senza aggiungere altro.

«Hai incontrato qualcuno?», incalza lui. Essenzialmente credo gli interessi sapere a che altezza del corridoio saltino fuori i custodi.

«No, ho preferito la cautela. Sai com'è».

Fa una faccia delusa, ma risponde che ho fatto bene, la prudenza è importante, e altre stronzate. Finisce il suo tè e va via. Meno male, non lo sopporto più.

«Che ore sono, Patty?».

«Le sette e mezza».

«Di già? Beh vado a cenare. A dopo, o a domani, se stacchi».

24.

Stinco di maiale. Grosso errore. Duro e cotennoso, ma dovevo aspettarmelo. Quando me lo preparo a casa mi riesce sempre morbido e succulento, ma bisogna saperlo cucinare bene. Siccome io lo faccio buono, quando lo vedo in qualche menù mi ingolosisco e lo ordino sempre. Raramente, però, ho trovato ristoranti che servano uno stinco decente. Evidentemente non è una carne facile da cucinare, ma lo stesso, impegnatevi di più, che cazzo. In compenso le patate arroste erano buone. Non ottime, ma comunque godibili. Per fortuna poi nessuno è venuto a sedersi al mio tavolo, finalmente ho cenato da solo. Però ho notato che più di qualcuno mi fissava, di nascosto tipo, come se fossi un fuorilegge. Ma che vadano a cagare, possono guardare quanto vogliono, basta che non rompano i coglioni.

Dai, ancora oggi, poi si torna a casa. Spero, almeno. Mica mi fido di quella banda di sfigati. "L'appuntamento è per domattina alle 11, non ditelo assolutamente a nessuno". Mi immagino il vecchietto con il cappello e una pistola in mano, e già mi passa la voglia. Ma mi sa che è l'unica via di fuga.

Torno in stanza, brutta sorpresa. Qualcuno ha sporcato la porta della mia stanza con una svirgolata di vernice rossa. Si tratta evidentemente di una minaccia, forse c'entra quella faccia di cazzo del Messina.

Apro la porta stando attento a non sporcarmi, la vernice è ancora fresca. Dentro è tutto a posto, d'altronde non ho nessun bagaglio in cui frugare. Bene, vado a trovare Maurizio.

Già ieri sera avevo visto che in bar hanno l'Unicum. Se non sapete cos'è (vergognatevi), è un amaro ungherese buonissimo. Amaro amaro, non quelle bevande zuccherate per fighetti. Penso che più amaro di lui ci sia solo il Petrus.

«Maurizio, fammi un bicchierino di Unicum».

Non risponde, ma lo versa. Dura poco. «Fammene un altro».

La serata procede così, piacevolmente vuota. Guardo il film su Rete Quattro, bevo un bicchiere, pubblicità, bevo un altro bicchiere, via così.

Poi l'Unicum mi suggerisce un pensiero, valuto un attimo e mi sembra sia una buona idea.

«Maurizio».

«Che c'è adesso?».

«Ma tu che lavori nell'hotel, no...».

Mi guarda male.

«Ma sti custodi, che cazzo? Voglio dire, no?».

«E che ne so io?».

«Beh che ne so... non sono tuoi colleghi?».

«No, io non centro un cazzo con loro».

«Ma...», batto il bicchiere per far notare che è vuoto, e sì, lo so che non è il top dell'educazione, ma ho la scusante che sono già un po' ubriaco. «Dai sì, lavorate assieme in sto hotel assurdo, ne saprai qualcosa. Dai Maurizio. Dai. Maurizio». Ok forse ubriaco e basta, senza "un po'". Forte l'Unicum.

Il povero barista sbuffa e «Non voglio averci a che fare con ste stronzate, ma se vuoi proprio sapere cosa ne penso, ti dico che questa cazzata dei custodi non c'entra niente con la direzione dell'hotel».

In quel momento BAM, tutta la situazione diventa immediatamente chiara. Come quando ti sforzi di storcere gli occhi per vedere quella merda di stereogrammi, ma poi grazie all'alcol ci vedi doppio e di colpo vedi l'immagine in treddì. Grazie, Unicum.

Messina, Fabio, il pordenonese e il Maurizio criminale, e chissà quanti altri. Persino quello stronzetto di Luca. Non è l'hotel che ci tiene prigionieri, sono gli ospiti che non vogliono andarsene. Anzi, per chissà quale motivo non vogliono proprio che nessuno vada via. I custodi sono semplicemente ospiti che hanno ciulato in qualche modo l'uniforme dell'hotel, e adesso vanno in giro a fare i supereroi. Cazzo, che banda di mentecatti. E naturalmente non esiste nessun maître che schiocca le dita ed escono le fiamme. Ovvio, è una stronzata. Eppure alla fine ti abitui a ste assurdità. Non ci credi, ma creano un clima balordo, una storia a cui pian piano ti arrendi, senza neanche accorgertene.

QUARTO GIORNO

25.

Boh credo che ieri alla fine mi sono addormentato sul bancone. Forse quel sant'uomo di Maurizio barista mi ha portato in spalla fino alla stanza, chissà. Però abbastanza bene, dai, un po' di mal di testa ma poco. L'Unicum è sincero, altro che Jäger.

Che ore saranno? Chissenefrega. Mi giro dall'altra parte e dormo ancora un po'.

Ah, adesso sì che si ragiona. Doccetta e mi vesto. Coi miei vestiti, non sta roba assurda che passa l'hotel. Il cameriere me li ha riportati l'altro giorno, lavati e stirati (penso sia la prima volta in assoluto che questi vestiti venivano stirati, fra l'altro). Comodo. In un certo senso posso capire che la gente si abitui a questa vita.

L'ora di colazione sarà già ben che passata, quindi punto direttamente al bar. Non credo siano ancora le undici, sennò sicuramente quella tarma di Fabio avrebbe mandato uno dei suoi scagnozzi a mandarmi a prendere in stanza.

Mi chiederete: "Ma come, non vai assieme a loro per cercare di fuggire?" Ovvio che no. Dai, non ci avrete creduto veramente, spero. Voglio dire, era troppo losca la storia. Guarda caso loro hanno pronta la fuga proprio nel momento in cui arrivo io. Cos'è, gli sono arrivate le pistole proprio ieri? In dodici erano troppo pochi, gli mancava uno per sentirsi più al sicuro? Non sta in piedi, è lampante. Per non parlare che facevano tante storie che io ho la stanza al piano 21, come se fosse una coincidenza unica, eppure il tizio mantovano alla fine ha la stanza proprio vicino alla mia.

Ve lo dico io come sarebbe andata. Sta gang di stronzi voleva mettermela nel culo. "Vieni con noi, si scappa", e poi a un certo punto ci si para davanti quel rincoglionito del custode. "Ah ma noi siamo armati! Maurizio criminale, Fabio, proteggetemi!". Però mi giro e loro puntano la pistola contro di me. Persino il vecchio col cappello ha il fucile d'assalto pronto a sparare. Il custode parte con qualche frase minacciosa e pacchiana, tipo "Ti avevo avvisato, chi scherza col fuoco finisce per scottarsi". Magari fa pure una risata da cattivo dei cartoni animati. Maurizio criminale passa la pistola a un altro e inizia a menarmi con un manganello. Cose così, insomma. Forse penserete che sono paranoico, e magari è anche vero, ma sempre meglio che esser boccaloni.

Arrivo in bar. Forum non è ancora iniziato, quindi come pensavo non sono ancora le undici.

«Patty, che ora è?».

«Dieci e tre quarti».

«Perfetto, ora di un caffè macchiato con la briochina».

Patrizia gira gli occhi all'indietro, come a dire che ne ha piene le balle di me. E posso capirla, di solito in sto bar non c'è mai un cane, quindi prima che arrivassi io avrà avuto sicuramente meno lavoro.

«Patrizia, senti». Mi guarda male. «Ma come si fa a uscire da questo stramaledetto hotel?».

A sentire che voglio andar via, le si accende una luce negli occhi. Ingrata d'una Patrizia.

«Adesso stanno facendo lavori ed è un po' un casino».

La guardo sgranando gli occhi come dire, "Casino è un eufemismo".

Lei commenta sconsolata: «Non bastava la perdita d'acqua al sesto piano, anche il cortocircuito al diciassettesimo. Per fortuna l'impianto antincendio ha funzionato bene, sennò qui andava a fuoco tutto».

«Quindi?».

«Quindi scendere per le scale è un casino, ma non c'è problema, se si prende l'ascensore si arriva subito».

«Ascensore!? E dov'è?».

«È dietro la porta n.1 di ogni corridoio».

«Pazzesco. E quindi l'uscita era lì, dietro una porta. Una foglia nascosta in un bosco». (Cerco di usare una metafora forbita per recuperare punti con la Patty). «Ma chi l'avrebbe mai detto! Che idea, nascondere lì l'ascensore. Se non lo sai, non lo troveresti mai».

«Veramente quelli della reception lo dicono a tutti gli ospiti, al momento dell'arrivo».

«Ah. Eh, a esser sincero non mi ricordo molto bene di quella sera». Non me la ricordo proprio, altro che cazzate.

«Non mi stupisce, mi hanno raccontato che eri ubriaco fradicio».

«Beh, adesso, diciamo che...».

«Ammettilo, hai un problema con l'alcol. Non per farmi i fatti tuoi».

Si ecco brava, non farti i cazzi miei. Però «Grazie per la storia dell'ascensore».

Saluto Patty per l'ultima volta (alla fine si è rivelato più simpatico Maurizio barista, chi l'avrebbe mai detto). Esco dal bar, cammino fino alle scale, dove c'è la porta numero 1. Allungo la mano, incredulo. La maniglia gira, la porta si apre. Dietro c'è un ascensore. Tiro una bestemmia di sollievo (sì, esistono anche queste).

26.

Trentatré bottoni. Trentatré piani, contando anche il piano terra. Mi viene quasi la curiosità di premere il tre, o il due, per scoprire cosa c'è nei piani mancanti. Ma col cazzo, e poi probabilmente ci saranno le lavanderie, o il locale caldaie, robe così. Premo il piano terra, l'ascensore parte con uno scossone e poi scende lentamente. Anche gli ascensori mi danno angoscia, specie a piani così alti. Specie se sono vecchi e scassati, come questo. Però a scendere mi dà sempre meno angoscia che a salire. Nel senso che al ventottesimo piano un po' mi cago in mano, poi man mano che scendo dico "beh ventunesimo piano, dai, già meno alto". Penso che se l'ascensore si bloccasse sbroccherei di brutto. Non tanto per la claustrofobia, ma per quel senso di essere sospeso sopra un abisso buio e stretto. E magari poi i soccorsi mi fanno uscire dalla portella in alto e ci sono tutti i cavi dell'ascensore e i muri di cemento grezzo di questa orrenda galleria verticale. Mi trema il culo solo a pensarci. Per fortuna l'ascensore va liscio, cazzo, ci mancherebbe solo che si blocchi. Quando arrivo al terzo piano inizio addirittura a pensare "Dai qua se l'ascensore cade forse non è neanche una caduta troppo catastrofica", al secondo poi si è praticamente arrivati. In ogni caso quando si aprono le porte è sempre una liberazione.

Scendo tre scalini e mi trovo di fronte alla reception. Durante tutti questi giorni ci ho pensato talmente tante volte che ho finito per idealizzarla, come se fosse la sala d'ingresso di uno di quei hotel di lusso che gli spiantati come me vedono solo nei film. La realtà è ben diversa: una stanzetta, una scrivania piena di carte, un tizio annoiato con un pc e una piccola televisione. Alle sue spalle una parete ricoperta di chiavi, tipo non esagero ma tantissime, una verta di chiavi, ognuna appesa a un esile chiodo.

«Buongiorno».

«Buongiorno», ma buongiorno un cazzo, cioè, sì, è un giorno buono perché finalmente esco di qui, ma mi avete fatto penare, manica di stronzi. «Vorrei fare il check out».

«Certo, che stanza aveva?».

«Sessantasei, corridoio N, piano 21», rispondo allungandogli il portachiavi.

Batte un po' di tasti sul computer. Con un dito solo. Caaazzo che fastidio che mi danno quelli che scrivono battendo i tasti con l'indice, alla velocità di una parola al minuto. Siamo nel ventunesimo secolo, dai. Nei libri di fantascienza ci descrivevano con il cervello robotico impiantato nel cranio, e voi siete lì che date picconate alla tastiera con l'indice.

«Sono 645 euro». COSAAAAAAAAAA?

«Mi scusi?».

«645 euro, tassa di soggiorno inclusa».

«Ma...», penso una bestemmia. «Per quattro notti, per la qualità della stanza, francamente mi pare troppo».

«La stanza è il minimo, ma ci sono anche i pasti, e soprattutto il conto del bar. Guardi».

Mi mostra a video un lungo elenco di birre e amari, ed effettivamente i conti tornano. Merda.

Ecco perché gli ospiti non vogliono uscire. Finché rimani dentro non paghi, ma quando ti tocca uscire il conto ti arriva tutto in una botta. È una vita noiosa, certo, ma comoda. Eppure più stai dentro e più il debito si accumula, e ciò ti spinge a rimanere ancora dentro, però così la somma aumenta ancora.

Forse è per questo che gli ospiti non vogliono che i nuovi arrivati escano. Per chi è qui da pochi giorni, il check out è ancora possibile, il debito non è ancora proibitivo. Gli ospiti più vecchi cercano di trattenerti dentro, finché anche tu sei talmente invischiato che non potresti uscire neanche volendo. È come il vizio. Più passa il tempo e più è difficile uscirne, e se qualcuno ce la fa a liberarsi suscita un fastidio tremendo a chi è ancora prigioniero, tanto che faranno di tutto per riportarlo sulla cattiva strada.

Che poi viene da chiedersi, ma perché l'hotel dopo un po' non manda qualcuno a batter cassa? Boh. Forse è una speculazione finanziaria. Magari l'hotel rivende i crediti a qualche banca. Chissà, forse il Messina e il Fabio hanno la casa pignorata, e neanche lo sanno, e in fin dei conti anche quello è un buon motivo per non uscire più dall'hotel.

«Sono 645 euro», insiste il ragazzo, riportandomi alla realtà.

«Adesso, come dire, non credo di aver qui con me questa somma, non so se comprende».

«Certo. Se vuole possiamo spedirle la fattura a casa, signor Alessandro».

Guardo lo schermo, c'è la scansione della mia carta d'identità. Quella falsa. Dio benedica la paranoia! L'ho comprata anni fa da un tizio losco, in stazione a Trieste. "Alessandro Taucer", hah! Quella volta ci ho speso cinquanta euro, e mia moglie mi ha pure sgridato perché spendo soldi in cazzate, ma altroché se è tornata utile.

«Perfetto allora. Appena arrivo a casa vi faccio il bonifico».

Credici, ragazzo. Bene, lieto fine. Vaffanculo, hotel infinito!

27.

Spingo le porte a vetri, sono finalmente fuori. È nuvoloso, ma lo stesso sono felice di rivedere il cielo.

Scendo lungo le scalette d'ingresso, ripide e di metallo. Odore di salmastro, risacca di onde che sbattono la testa contro la banchina di pietre e cemento. Mi volto a guardare l'hotel, e mi accorgo che è un'enorme nave. Tipo una portacontainer, ma ripitturata un po' alla bell'e meglio, quasi a voler sembrare una nave da crociera. Sopra le scale d'ingresso c'è pure un'insegna, "Hotel Frontemare".

HF. Altro che "Hotel Finito". Stronzo d'un Fabio! Non ho la minima voglia di tornare di nuovo dentro, ma salirei un salto solo per legnarti (ma ripensandoci c'è la storia delle pistole, meglio lasciar perdere).

Hotel Frontemare. Appena arrivo a casa vi faccio una recensione su tripadvisor che vi brucerà il culo per mesi.

Eppure i conti non tornano. L'albergo-nave visto da fuori è orrendo, ma non è così assurdo come sembrava da dentro. Cazzo, ha pure le finestre. Piccole, tipo oblò, ma ci sono. Ma allora com'è che in tutte le stanze in cui sono entrato non c'era nemmeno uno spiraglio per vedere il mondo esteriore?

E poi anche la storia che gli ospiti non vogliono che si esca, a ripensarci, è assurda. Ma in fin dei conti ogni cosa lì dentro non ha senso. Sembra quasi che dentro l'hotel ci sia una cappa di demenza, una trappola che ti incasina i pensieri e ti fa comportare come un rincoglionito. Però cazzo, lì dentro sembrava tutto così concreto. È proprio come la follia: vista da fuori è incomprensibile, ma quando ci sei dentro tutto ti pare vero e grave. Ed è una cosa contagiosa. Se ti ritrovi in mezzo a una banda di matti, la pazzia inizia a sembrarti normale.

Sapete cosa? Vaffanculo anche a tutti questi dubbi. Dall'esterno la nave-albergo sembra sì brutta, ma tutto sommato normale, e a me sta bene così. Non voglio più farmi domande sulla vera natura dell'hotel. Forse questa mania di comprendere l'incomprensibile è la vera catena che ti tiene ancorato a quel luogo infernale. Io ci sono uscito, e tanto basti. Non ho alcuna intenzione di continuare a tormentarmi ripensando a quell'incubo insensato. Sento che se lo facessi, una parte della mia mente resterebbe ancorata all'hotel infinito. Vadano tutti a cagare, adesso voglio solo dimenticarmeli e tornare a casa.

Sulla stradina di fronte passa una signora, sta portando a spasso il cane.

«Mi scusi, dove siamo?».

Mi guarda come dire "Ma come?", io gesticolo come dire, guardami, ti pare che sia uno che sa sempre dov'è? e con gli occhi la prego un po' aggressivamente di non umiliarmi costringendomi a spiegare tutto.

Fortunatamente sembra capire, tant'è che risponde: «In Porto Vivo. Ora il comune vuole chiamarlo così, ma per me resta Porto Vecchio. E poi porto vivo, mi suona tipo morto vivo. Meglio vecchio che morto, le pare?».

A me "porto vivo" suona come la copertura di un bestemmione, tipo zio cantante, ma tant'è.

«E questa...» e indico l'hotel nave, non so neanche come definirlo.

«L'ennesimo esperimento fallito», poi alza lo sguardo al cielo e mentre si fa il segno della croce, aggiunge, «come l'ovovia».

Sarà che attiro gente che ha voglia di chiacchierare, e mi chiedo anche come mai, dal momento che faccio di tutto per apparire scorbutico, ma la signora continua: «Doveva essere un esperimento turistico, un intero hotel capace di spostarsi di giorno in giorno, sulle location più spettacolari del golfo. Negli spot lo chiamavano "hotel infinito", perché cambiava sempre, una scoperta continua. Ma la settimana stessa dell'inaugurazione, si è incagliato qui, e qui è rimasto. Sa, penso proprio sia il simbolo di questa città, che un tempo era un porto, e poi ha voluto vendere l'anima al turismo. E ora non è né uno né l'altro, è rimasta anch'essa incagliata, fra ambizioni e immobilismo».

Che palle tutto questo interpretare, la gente che vede simboli in ogni dove. Diventa un discorso autoreferenziale, un modo per convogliare il mondo intero in una chiacchiera su sé stessi. Scambio un cenno d'intesa con il cane della signora, lui ha voglia di continuare a passeggiare e io di andare via.

Mi guardo attorno, effettivamente sono a Trieste. Il ciglione carsico, la chiesa di Monte Grisa che domina in alto col suo brutalismo cattolico, e i piloni spogli dell'ovovia, in mezzo alla vegetazione che ricresce.

Porto Vecchio. Come cazzo ci sono finito? Una sera esci di casa in bici, entri in bar a Selz, e va a finire che ti risvegli su una nave travestita da hotel. Forse ha ragione la Patty, mi sa che ho veramente un problema.

Ho deciso, quando torno a casa smetto di bere. Almeno per una settimana, forse anche due.

WHITE COCAL PRESS
libri e morbin a Trieste

DIALETTO

Ciacole a Gropada (2024)
Fabio Vigini

La testa per intrigo (2023)
Corrado Premuda

Troppo triestini (2022)
Paolo Pascutto

I diari de Siora Jole (2021)
Davide Calabrese

Il dialetto nel Porto di Trieste (2021)
Nereo Zeper

I soliti veceti (2020)
Raimondo Cappai e Paolo Stanese

Le disgrazie del tran de Opcina (2019)
Diego Manna

The Origin of Nosepolis (2018)
Diego Manna

L'amor al tempo del refosco (2018)
Laura Antonini e Stefano Bartoli

Monon Behavior (2017)
Diego Manna

NARRATIVA

Quando la parti? (2023)
Davide Destradi

Le signorine in cuffia (2023)
Barbara Battistelli

Omicidio no xe per barca (2022)
Raimondo Cappai e Paolo Stanese

I briganti della Carnia (2022)
Francesco Boer

C'era una volta a... Triestewood (2021)
Andrea Martinis

Il sipario sul divano (2021)
Gianfranco Pacco

Edda leggendaria da Trieste lungo la via degli dei (2021)
Edda Vidiz

Trieste città dell'Oktoberfest (2019)
Dino Bombar

L'Osmiza sul mare (2016)
Diego Manna

FANTASCIENZA

Un nodo di Buona Ventura (2023)
Marco Fichera

Impresa pulizie Morgan (2021)
Mauro Vascotto

UMORISMO

Casa mia, casa mia - Come tirar 'vanti nela giungla del cemento triestin (2022)
Chiara Gily e Francesca Sarocchi

La smonta la prossima? - Una vita in corriera (2021)
Davide Destradi

Triestini e napoletani (2017)
Micol Brusaferro e Chiara Gily

MANUALI DEL MORBIN

Ocio de soto (2023)
Gianfranco Pacco

50 cose da non fare in Friuli (2021)
Mataran

Trieste cinica - dal no se pol al no ga senso (2021)
Vile&Vampi

50 cose da non fare a Trieste (2020)
Andrej Prassel

Meio un omo ogi e uno doman (2020)
Flavio Furian e Massimiliano Cernecca

Il manuale della boba de Borgo (2019)
Flavio Furian e Massimiliano Cernecca

Il libri des rispuestis furlanis (2018)
Felici ma furlans e Andrej Prassel

El libro dele risposte triestine (2017)
Andrej Prassel

STRAFANICI
Sirene e cocai (2022)
Sabrina Gregori e Chiara Gelmini

Mati drio el balon (2021)
Giuseppe Vergara e Chiara Gelmini

Sua maestà Capo in B (2020)
Micol Brusaferro e Chiara Gelmini

Animali triestini e dove trovarli (2019)
Giulio Giadrossi e Chiara Gelmini

Inps factor - i veci de Trieste (2019)
Micol Brusaferro e Chiara Gelmini

Libero libera tutti (2019)
Francesca Sarocchi e Chiara Gelmini

Mirella Boutique (2018)
Micol Brusaferro e Chiara Gelmini

Ciacole al Pedocin (2016)
Micol Brusaferro e Chiara Gelmini

El Pedocin (2015)
Micol Brusaferro e Chiara Gelmini

STORIA/SAGGI
Magnar ben, per bon (2023)
Edda Vidiz

L'aquila è la pace (2023)
Giorgio Sclip

Il calcio a Trieste (2022)
Bruno Gasperutti

Vita a Palazzo Silos (2021)
Annamaria Zennaro Marsi

Trieste 1719: quando gli Asburgo scoprirono il mare (2019)
Edda Vidiz

Tergeste, dove regna la bora (2018)
Edda Vidiz

PUPOLI
Te son bela come el cul dela padela (2023)
Linda Simeone

Vox Pupoli (2020)
Vile & Vampi

La leggenda della Bora (2020)
Edda Vidiz e Bernardino Not

STRUCOLETI - per bambini
Gatto Max - Impicci e pasticci a Miramare (2024)
Carolina Tommasella e Lorenza Fonda

Arturo - Un cane di Trieste (2022)
Emily Menguzzato e Raffaele Lodolo

Laila impara el triestin (2021)
Nicole Vascotto

Strafanici per tuti i cantoni de Trieste (2021)
Cristina Marsi e Dunja Jogan

La trisnonna Clementina e la Risiera di San Sabba (2020)
Alessandro Slama e Roberta Zucca

Sisì, Ottone e la cantina musicale (2018)
Zita Fusco e Fabrizio Di Luca

SAN NICOLÒ - per bambini
Le zavate de San Nicolò (2021)
Cristina Marsi e Ingrid Kuris

San Nicolò e el pesseto gialo (2021)
Cristina Marsi e Ingrid Kuris

Le mudande de San Nicolò (2020)
Cristina Marsi e Ingrid Kuris

San Nicolò e i Krampus (2020)
Cristina Marsi e Ingrid Kuris

La bereta de San Nicolò (2019)
Cristina Marsi e Ingrid Kuris

GIOCHI
Le Cronache della Biosfera (2023)
Diego Manna e Sara Paschini

Tachite al tram (2022)
Diego Manna e Erika Ronchin

Barkolana (2017)
Diego Manna e Erika Ronchin

www.ingramcontent.com/pod-product-compliance
Lightning Source LLC
LaVergne TN
LVHW051551170726
843492LV00006B/2050